MIDNIGHT BREED
WORD SEARCH

NEW YORK TIMES BESTSELLING AUTHOR
LARA ADRIAN

COPYRIGHT

ISBN: 9781674937823

MIDNIGHT BREED WORD SEARCH
© 2019 by Lara Adrian, LLC
Cover design © 2019 by CrocoDesigns

All rights reserved. No part of this work may be used or reproduced in any manner whatsoever without permission, except in the case of brief quotations embodied in critical articles and reviews.

This book is a work of fiction. Names, characters, places and incidents are either products of the author's imagination or used fictitiously. Any resemblance to actual events, locales, or persons, living or dead, is entirely coincidental. No part of this publication can be reproduced or transmitted in any form or by any means, electronic or mechanical, without permission in writing from the Author.

www.LaraAdrian.com

A NOTE FROM LARA ADRIAN

Dear Reader,

It's hard for me to believe that it will soon be thirteen years since the first book in the Midnight Breed series was published. I still love spending time in this series with the many characters that have become part of my life, and it thrills me to no end—and deeply humbles me—to think they've also become part of your lives in some small way too.

There are more stories to tell and people I'm excited for you to meet, both in the main Midnight Breed series and in the Hunter Legacy spinoff. But in between writing them, I thought you might enjoy revisiting some of the highlights of the series—and have a little fun at the same time!

Which brings me to this book, The Midnight Breed Series Word Search. Inside you'll find 60 word search games related to the series and characters, along with some of my favorite quotes from the books.

Please be warned, there are spoilers in both the puzzles and the quotes! If you haven't read the entire series yet, I hope you'll forgive the occasional spoilery bit.

I have to send out a HUGE thank you to my stepdaughter and friend, Heather Rogers, for sharing my vision for this book and offering her enthusiastic and creative efforts to help bring it to life. <3

And I can't close this message without thanking you, my readers, for your continued support and kindness.

I hope you enjoy this Special Edition companion to the series!

Love, Lara

HOW TO SOLVE THE PUZZLES

This book contains 60 classic format word search puzzles.

Words listed on each page are hidden in the puzzle grids in a straight line, and may run in various directions: horizontal, vertical, diagonal, forward, and backward. Some words may overlap by one letter or intersect. Circle each word you find in the puzzle grid until you've located all of the clues.

Answers to each puzzle are printed in the back of this book.

Happy searching!

For almost a hundred years, the city of Boston had played unwitting host to a cadre of Breed warriors who'd sworn to preserve the peace with humans and keep the existence of the vampire nation—its feral, Bloodlust-afflicted members in particular—a secret from mankind.

A TOUCH OF MIDNIGHT

THE MIDNIGHT BREED SERIES

Puzzle 1

```
U R W A R R I O R A E Q P W W
F A M B E R E S I T S U J S F
W Z F T P P N U L G A O Z R E
Z D S A Q P O R G M I N I O N
N A N U N G S X E O S G N A F
M B E N D C M N Z T R T L B J
D R V O G E I E P A N A Z Y L
A E A T B N R E O A T U A T D
Y E H S V Z C M N L S Y H P H
W D K O L J A B A T A S E G Z
A M R B O L S N O G B X I K V
L A A R I R T B K N L L Y O A
K T D E G E N O N E D Y O L N
E E N W A D T S R I F J P O N
R S D N X O G Z R P L G X H D
```

ALIENS	CRIMSON	HUNTER
AMBER	DARKHAVEN	JUSTIS
ANCIENT	DAYWALKER	MASTER
ATLANTEAN	DERMAGLYPH	MINION
BLOOD	ESP	ORDER
BOND	FANGS	PASSION
BOSTON	FIRST DAWN	ROGUE
BREEDMATE	GEN ONE	WARRIOR

"Say you love me, and let me start being the man you make me want to be."

~Gideon, to Savannah
A TOUCH OF MIDNIGHT

A TOUCH OF MIDNIGHT

Puzzle 2

```
J F C B R U U X T E R C E S K
I P O E C X X B A N O T S O B
G I D E O N L V A M P I R E S
M R P R T Z U L P N R O N O H
O P F L S S N A E L R O W E N
S A S G F S P R O F E S S O R
T M K Y S S I V G B U L L E T
U E D I C S K K Y R O T S I H
D L L K R H A U S U B L I N D
E I I O D D O V W E K I A A T
N E G B U A U M A E I L T Q W
T U U O R S N E E N I R P U I
E D Y N P A S G L T N W E H N
E A P Z Q S R I E F R A L A S
B D R O W S K Y T R X Y H G F
```

AMELIE	GEEK	PSYCHOMETRY
BAYOU	GIDEON	ROGUE
BLIND	HISTORY	SAVANNAH
BOSTON	HONOR	SECRET
BULLET	LIBRARY	STUDENT
DANGER	NEW ORLEANS	SWORD
DUEL	ORDER	TWINS
FAERIES KISS	PROFESSOR	VAMPIRES

"I can't ever let you go, Gabrielle. Because whether you want it from me or not, you have my heart."

~Lucan Thorne
KISS OF MIDNIGHT

KISS OF MIDNIGHT

Puzzle 3

```
T K L S Z Y A R A T B K Z K C
U S R N K L N N S C O R G E N
C K D N U O P M O C M A E T A
L C B E T R A Y A L B M N T L
M A R E K N O T S O B H O O N
X T I F S N A H P R O T N N O
S T I R C E Z Q M K Z R E A C
O A R W S F U M W B E I Y L U
T T O O G B U G E G Y B K K O
O J N Q P I S V O R E D A E L
H U O X N L G A B R I E L L E
P X H A B A D V I B E S P M G
I Z T G N M I N I O N T D L R
C I R E T S A M M U L Y S A Q
T O G E L U C A N K L A P M T
```

ASYLUM	CONLAN	LUCAN
ATTACK	CUT	MAREK
BAD VIBES	GABRIELLE	MASTER
BETRAYAL	GEN ONE	MINION
BIRTHMARK	HONOR	ORPHAN
BOMB	LA NOTTE	PHOTOS
BOSTON	LAIRS	ROGUES
COMPOUND	LEADER	TITANIUM

"I would quit breathing for her,
if she asked it of me."

~Dante, about Tess
KISS OF CRIMSON

KISS OF CRIMSON

Puzzle 4

```
R E H C N A R B E L A M W K C
E B R E Z I L I U Q N A R T S
L C M P N Q W W P W A V V O S
A N C S E T I B B P U I R S I
E Q U Z N E B N U I P S H C K
H A L U M R O F E X H I B I T
O G N I L R E T S E S O I N L
J B B D R U G B T A E N X R L
W S I H U M N N V R X Z U S W
U S R T P S A E N D Y M I O N
F E T O A D D S E D A L B H H
E T H N A I R A N I R E T E V
G O D N E D M A C R I M S O N
J H A P S J H A L L O W E E N
I A Y C I N I L C C I T S Y M
```

BEN	DOG	MALEBRANCHE
BIRTHDAY	DRUG	MYSTIC
BITE	ENDYMION	SAVED
BLADES	EXHIBIT	STERLING
CAMDEN	FORMULA	TESS
CLINIC	HALLOWEEN	TRANQUILIZER
CRIMSON	HEALER	VETERINARIAN
DANTE	KISS	VISION

"I'm not what you're used to. Don't think that I'll be gentle with you. I wouldn't show you any mercy."

~Tegan, to Elise
MIDNIGHT AWAKENING

MIDNIGHT AWAKENING

Puzzle 5

```
L H W C W F T M L A H C R O S
A E L I S E C E C I H C Y S P
N K O Q Y M T U E N I L R E B
R A N S D T P S D M E R W U L
U S W C E B U Y T Y C F C J X
O S A R M O N E Q T A R T U H
J I S A H E R K R C R V Y K I
C A R T H C L Y I A E U X P S
C E A C E A R L P N I L T C T
K O I S H T I L D Z M C N H O
B E F T S T N E O E L D D I R
R Y E E Y A T A O B L O E D Y
O L P S G T A P C J M D K D K
G A B E A F L O D O H Y S E C
T N T J W O D I W A E B S N T
```

BERLIN KASSIA SECRET
BOATHOUSE LETHAL SORCHA
CRYPT LETTERS SYMBOL
ELISE MAREK TAPESTRY
FACILITY ODOLF TEGAN
HIDDEN PSYCHIC TRUTH
HISTORY REICHEN VENDETTA
JOURNAL RIDDLE WIDOW

It felt strange to walk the labyrinth of secured corridors and not feel like he had for the long months following the explosion—like a lost beast left to roam its lair without place or purpose.

Now, he had both, the heart of which could be summed up in
one word: Dylan.

~Rio
MIDNIGHT RISING

MIDNIGHT RISING

Puzzle 6

```
O I C A N A T A U S T S O H G
O W H T E Y J D D C G X D W H
Z C D G Z D I T K R O Y W E N
K W A H K O O R N N A M E U B
M I E E L B A D U E K G W V A
A S D B C I R W E N I R O P L
D R A N M R O E D R A C A S U
Q T N E A A Y I E Y R W N T G
N M H L R P M P R D L A A A S
R O X M O I H S T E M A C Y R
B C H T H V H R I O T A N S S
L E O E E H N R Q P Z U T T I
D H V N K P X A T M M D E E O
P A U A I K W O R B K U R L S
S C Y S H T R E T R O P E R E
```

ANCIENT
ATANACIO
BOHEMIA
BREEDMATES
CRYPT
DAM
DEAD
DRAGOS
DYLAN
ELEUTERIO
EVA
GHOSTS
HIKE
KIDNAP
LAB
NEW YORK
PHOTO
REPORTER
RIO
RUNAWAYS
SAVE HIM
SCARRED
STARKN
TABLOID

"When I look into your eyes,
one word leaps to my mind
every time: Forever."

~Nikolai, to Renata
VEIL OF MIDNIGHT

VEIL OF MIDNIGHT

Puzzle 7

```
T X E L O J V G C F Q Y H O Y
T S K T S B Z T E L L Z G U L
M E D P R Z S U S A V O O Q J
O D V F O D R K M V R N D P T
N A I T O Q E A O I K H S G A
T L N A X U D Y U S E Y E S E
R B E J C B M I S I D T K A H
E G S S R B D E E O R S N C D
A Z E E H A I G R N A A I R E
L R V T R A A R O S U L S I G
F E I K L E L E N U G B S F A
R A C O M W N S O H Y D A I R
F A K I C U I A H A D N S C U
J I R E D R U M T M O I S E O
N A J C Y L B B D A B M A E C
```

ASSASSIN	JACK	NIKOLAI
BLADES	LEX	RENATA
BODYGUARD	LODGE	RESCUE
COURAGE	MINDBLAST	REVERB
EYES	MIRA	SACRIFICE
FAITH	MONTREAL	SERGEI YAKUT
GEARHEAD	MOUSE	VINES
HONOR	MURDER	VISIONS

"If you were mine, I would walk through the fires of hell itself to keep you away from a man like me."

~Andreas, to Claire
ASHES OF MIDNIGHT

ASHES OF MIDNIGHT
Puzzle 8

```
D Y R U F A O N O S I R P V U
K E P S G B U N K E R Q E N W
F I H E I M G J E E R I A L C
T T N S A D A W G E R M A N Y
O C N P A F K T N U A W A R T
Y L E Y W P L S E Y C T M S Q
B B H R I K P E V D T R A P I
T D C O F L D M E F V P C X Y
T A I K I A E R R S S D T K K
P W E I R W D D C Z H S I S I
U L R N E M N E P K I Q P O W
R F P E B A O C A N D R E A S
R T C S A E B E A Z X S Q E X
O I F I L R Q I N E W P O R T
C Y P S L D P T S T E R G E R
```

AGENCY
ANDREAS
ASHED
BONDED
BUNKER
CLAIRE
CORRUPT
DECEIT

DREAMWALK
FIREBALL
FLEE
FURY
GERMANY
KIN
MATED
NEWPORT

PAST
PIANIST
PYROKINESIS
REGRETS
REICHEN
REVENGE
TRAP
UV PRISON

"You asked me in the bar if I was a good guy or a bad guy. That's not my call to make, Alex. Maybe you'll find I'm some of both."

~Kade, to Alexandra
SHADES OF MIDNIGHT

SHADES OF MIDNIGHT

Puzzle 9

```
W F W I U A H Y P E S O O H C
A L E X A N D R A H H B H F P
Q Z B Y S U T D W J U T U V N
V Y X P Z L V L S P E N O Q T
B L O O D L U S T S D W T J L
H J T S K E E T E R P X O E X
F A K S A L A Y L I M A F N D
B W D E A T H Q M U R D E R S
C S L C T S S E N R E D L I W
T E C R N N O I T P M E D E R
E V S E E Q J E R I U G A M M
D L N T I Q E N I B A C M B U
A O I L C W N P S V K K W Z V
K W W A N P N M Z T O L I P H
B I T B A F A V A L A N C H E
```

ALASKA	FAMILY	REDEMPTION
ALEXANDRA	HUNTED	SECRET LAB
ANCIENT	JENNA	SETH
AVALANCHE	KADE	SKEETER
BLOODLUST	LUNA	SNOW
CABIN	MAGUIRE	TWINS
CHOOSE	MURDERS	WILDERNESS
DEATH	PILOT	WOLVES

"I love you, and I could give a damn if you're human, cyborg, alien, or some mixed-up combination of all three."

~Brock, to Jenna
TAKEN BY MIDNIGHT

TAKEN BY MIDNIGHT

Puzzle 10

```
S E G N A H C G T N A L P M I
Y S K D D Z D R A U G Y D O B
N N P A S T D N O T S O B U D
L A E D N A E R K X H X G U Q
H Y L I Z H E W V E D Y P W L
Y T S L L U R K A N O S I R P
W I D P E A F L L A F M N H D
A V S B Q K I M M E R H B X K
H I X Q A N A E S O A N N E J
C T Q R G T G G F N X C A Q O
E P E B H R K S L M O B G R D
T A U I O C N Y B Y U I I V W
O C A B O A R E W O P I N T X
I S Y R R K F K A O C H B I E
B C B T V M S I H L O S S F M
```

ALIEN CYBORG KELLAN
BIOTECH DNA LOSS
BITE FBI MATHIAS
BODYGUARD FREED MINIONS
BOSTON GLYPH PAST
BROCK HEALING POWER
CAPTIVITY IMPLANT PRISON
CHANGES JENNA TRANSFORM

"I never knew what it was to crave a woman's touch. Or to hunger for a woman's kiss... Since I met you, Corinne Bishop, I've been thinking of little else."

~Hunter, to Corinne
DEEPER THAN MIDNIGHT

DEEPER THAN MIDNIGHT

Puzzle 11

```
Y Y H U N T E R E P W Y L R T
Y C J N V V M Z Y R O T S I H
G E N O N E M N I S S A S S A
S R B G K I U T O R T U R E S
E K E L S I S E N I K O N O S
L B F S O K V V O N I G R I V
I Z I C C O N R M A R G O R P
F O R S O U D E U G O R J N D
N D A E N R E R J A G Q R N P
M Q L A D A I I E E J S O E N
D H L R R X H N U A U B Y K B
S T O C A M O T N S D M S O T
S R C H G P G F A E P E Z A B
Y I V U O Y A B T N Q G R B P
H B U C S N Q V T I O R T E D
```

ASSASSIN	DRAGOS	PROGRAM
BAYOU	FILES	RESCUE
BIRTH	GEN ONE	ROGUE
BLOOD READER	GPS	SEARCH
BOND	HISTORY	SONOKINESIS
BOYS	HUNTER	TORTURE
CORINNE	MISSION	UV COLLAR
DETROIT	NATHAN	VIRGIN

> "Time was never on our side, was it? Fate gives us nothing more than a taste of what might have been."
>
> ~Malcolm, to Danika
> A TASTE OF MIDNIGHT

A TASTE OF MIDNIGHT

Puzzle 12

```
D S L Y C X S D E T I N U E R
B K S V C E S N A N O I F X F
C A C F W D Q A R C F D V C M
H O B D Q I B I M U O I O V B
C M N Y Z N B W N T B N D X R
O S V N K B A U W R S V L N A
T R Z V O U K K S I U I U A N
T U T M Q R I D T C D O R J N
A S R L L G N L E S A O M H O
G E E O W H A C T M A R W O C
E L V C H T D A U T E P A E Z
N T O L R A T R S O R E J M D
A S C A A E D U S J J Y D Z G
H A I M P E T P O R E I V E R
T C H J R Q N S L G G W E S R
```

BABY
BRANNOC
CASTLE
CHRISTMAS
CONLAN
CONNOR
COTTAGE
COVERT
DANIKA
EDINBURGH
FIONA
LOSS
MALCOLM
MOURN
MURDER
PAST
REDEEMED
REIVER
REUNITED
SCAR
SECRETS
THANE
UV BURNS
WIDOWED

"Sweetheart, I'm a problem that no human law enforcement officer is going to solve for you. After what just happened between us, it should be pretty obvious to you that we've both got big problems."

~Sterling Chase, to Tavia
DARKER AFTER MIDNIGHT

DARKER AFTER MIDNIGHT

Puzzle 13

```
W S M H W S T N E M T A E R T
M A I N E N E C I F I R C A S
J G X I O C C B C D R A G O S
F B F I E R R E D E E M G Y X
U W N S I E I T A R O G U E S
S I A M J B Q V D D X B B Z J
M H S E F U Y A N T S E R R A
C O N H R S Y E N T B S D D K
N N Y R A W B H S Q I E O O G
A Y Z S A W J U E E T D Y C Y
M X N L O A R M H U E E L T R
E Z K D K T Y E O X D F I A O
G E A R P V S L Y Z I E M V M
R H S N A E T N A L T A A I E
S E R C A S S A M B L T F A M
```

ARREST
ATLANTEANS
BITE
CHASE
CRIMSON
DAYWALKER
DEFEAT
DRAGOS

FAMILY
JENNA
LAB
MAINE
MASSACRE
MEMORY
MINION
OCTAVIA

OUTED
REDEEM
ROGUES
SACRIFICE
SHADOWBEND
TREATMENTS
TRUST
WAR

"After everything I've done, not only today or eight years ago when I left, letting you believe I was dead, but since the first day we met, Mouse. Ever since then, from the very beginning, you've stayed with me. You've always had my back."

"I always will. When you love someone, that's what you do."

~Kellan and Mira
EDGE OF DAWN

EDGE OF DAWN
Puzzle 14

```
M D B M O B N T S R E G G A D
S M T S B C Z G E W O R C I E
Z N P L C K N O I T C U D B A
D P O Q V I Y V T R E C A E P
E Y L I M V E T N T B B R O S
A M N N S U L N I A C J U D R
T S O E N I R L T M L A X P E
H T N R W E V T M I M L J W L
R E Q E A F G F S S S U E U A
O L S Y D A R A S O I T S K E
O L U E T O R O T L N T W H H
S U F M S J L I R O E S S F K
T B A K R C U E M R B B U U C
E V T C I L N Z R Q I A E P J
R U E A F Z P G N R K M S R O
```

ABDUCTION
ACKMEYER
BOMB
CROWE
DAGGERS
DEATH
FATE
FIRST DAWN
GNC
HEALERS
JUSTIS
KELLAN
MIRA
MIRROR
OPUS NOSTRUM
ORB
PEACE
REBELS
ROOSTER
SABOTAGE
SCIENTIST
SUMMIT
UV BULLETS
VISIONS

"Anything. Anywhere. I'm in your hands completely."

~Mathias, to Nova
MARKED BY MIDNIGHT

MARKED BY MIDNIGHT

Puzzle 15

```
A K U O L B S P E N O D N O L
W S N J F I C O V E R U P M A
X T I I T N L L G M D Q E F N
U J Z S I G I X K M J W P Z O
B X U J S S E M A H T R Y E I
E J N O V T O Y F C O Z T U R
I D E A T H O S P G Z E A G T
D O Y N Z U T A U O L B X R A
D W O M N I T E T Y I E Z O C
E V E A B V A S O I D T T M K
A R N T L A T D X W D R O W S
T Z A H G E R J D A H A L A G
S T O I D A S A R X D Y H Y Q
A W L A S V N P C W X A C C T
P P S S H S A G M S U L I R Q
```

BETRAYAL	GANG	OZZY
CATRIONA	INK	PAST
COVER UP	JUSTIS	ROGUE
DEATH	LIE	SCARAB
DOYLE	LONDON	SLOANE
EDDIE	MATHIAS	SWORD
ESP	MORGUE	TATTOO
GALAHAD	NOVA	THAMES

He was a master of control,
and yet Jordana Gates had
somehow begun to chip away at
that impenetrable foundation. Like
a small trickle of water through a
mountain of stone, she'd managed
to find a breach and slip inside.

~Nathan
CRAVE THE NIGHT

CRAVE THE NIGHT

Puzzle 16

```
D G G F I N I H C C A N R O C
Z T K K G E M E L E V A T O R
C N S Z E F S Z O N A H T A N
R M U E S U M U A R A L L I V
Y E L T M P A L O N E R P A Q
S S I A J B R G T H A A E K V
T I G T T V L P A M T D L I H
A M H T D A R T T I M N R M U
L O T O N I L N T I X T E O D
C R S O N A E R Y E I K A P J
V P T C N M Y N E A R M V Q K
Q T E T E Q F A E H A C C W L
E S E R J R Q O R L T H E R E
S A U U J A F Q F O E A I S A
N P B C A S S I A N S S F P Z
```

AMALFI	LA NOTTE	PURE
ATLANTEAN	LIGHT	REALM
CASSIAN	LONER	SECRET
CORNACCHINI	MUSEUM	SELENE
CRYSTAL	NATHAN	SORAYA
ELEVATOR	PENTHOUSE	TATTOO
FATHER	PRINCESS	VILLA
JORDANA	PROMISE	ZAEL

> "Just because you're alive doesn't mean you're safe with me. Don't make the mistake of thinking I'm some kind of hero."
>
> ~Lazaro, to Melena
> TEMPTED BY MIDNIGHT

TEMPTED BY MIDNIGHT

Puzzle 17

```
G R M U R T S O N S U P O R R
N P O U W R E D R O L C O T E
N E D D I B R O F L T I M M D
T R A N S L A T O R V D P K N
E D O L P X E S N A H C P R A
J C V L X O S S E A T R E M
P B T Y O S V R T M D E U H M
T C R A O U T O F O E M J C O
A R J C B A K I G R V P C R C
M E M H A R R W S I T A A O
O W E T U E R R N C E A V X R
L O L C R G R A A A C T E M A
P D E T A G I W E R E I I N Z
I I N I S E Z T C A D O J P A
D W A B D P P Z O B J N W J L
```

ARCHER
AURAS
CAVE
COMMANDER
DECEIVED
DIPLOMAT
EXPLODE
FIRE
FORBIDDEN
LAZARO
LOSS
MELENA
OCEAN
OPUS NOSTRUM
ORDER
PEACE
ROME
SAVIOR
SCARAB
TEMPTATION
TRANSLATOR
WARRIORS
WIDOWER
YACHT

Carys might be a rebel at heart, but inside, she was also an intelligent, stubbornly determined woman who could accomplish anything she set her mind to. Why she had let herself fall for him, he would never understand.

~Rune
BOUND TO DARKNESS

BOUND TO DARKNESS

Puzzle 18

```
R E T H G I F D K C L D T H N
X N E D D I B R O F O S Q Y S
Y G N L Z X H C U S U L L D U
X R T H W Z Y T W R N I O T P
G A G M D L L Y T Z M I N N O
S C O T L A N D N A T R W E Y
I K S D S A T X F H M E U T Q
Z R C A V O N E F S I J G N O
S M I Y T P M F I R S B V A E
W S T W G V B W E I S R Q D C
O C O A N C C K R O I R R A W
D A C L W A N I C R O L U R L
A R R K V R D D E D N S D H V
H A A E Q Y D E L A N O T T E
S B N R C S M R A N V T S A P
```

AEDAN	FIGHTER	RIORDAN
CAGE	FORBIDDEN	RUNE
CARYS	LA NOTTE	SCARAB
COLONY	MISSION	SCOTLAND
DATE	NARCOTICS	SHADOWS
DAYWALKER	NOVA	TRUST
FAMILY	OPUS	TWINS
FIERCE	PAST	WARRIOR

"Eight nights, Sera. That's what we agreed to. I'm holding you to it. I don't give a damn if the pact terms say you can leave me now. I have four nights left with you, and I mean to claim them."

~Jehan, to Seraphina
STROKE OF MIDNIGHT

STROKE OF MIDNIGHT

Puzzle 19

```
Y P L K J E H X A M A C A M P
M D S X C T S E R A P H I N A
E C N N J S S I K R E D I R B
N D I E Y L K S X C A O J K H
E R H A Z R K T V E J L W G M
P A Q J E F L X S L E J L M K
N S X S W I D A C A N N M I O
A O S H S T W U V H F Z Z S V
R L I E A A H O S I T D F S I
R A G S R L L G C T R A N O H
A U T S U D I G I C S A P A M
N T R I T L D E R N O T I M H
G I U S D C C E L U D R O Y E
E R C A Q Y A E R G O I O R K
D J E O T B K P S V G H M M M
```

ARRANGED	JEHAN	PRINCE
BRIDE	KISS	RED DRESS
CAMP	LEILA	RITUAL
DUST STORM	MARCEL	RIVALRY
EMPATH	MIDNIGHT	SECLUSION
ENEMY	MOROCCO	SERAPHINA
HANDFAST	OASIS	TRUCE
HOURGLASS	PACT	VILLA

"Wanting you this way is the last thing I should be doing, Brynne. But I'm not going to stand here and lie to you by pretending there's nothing between us." He caught her face in his palms. "I'm not going to stand here and let you lie about that either."

~Zael, to Brynne
DEFY THE DAWN

DEFY THE DAWN

Puzzle 20

```
P C G W O L C M R Q P T V N T
B V J R E O G D W A X Z U L M
I H D X U N I A Q S T S A S Y
T E I N O R L G E B R S X E W
R L C D L L G U D N A I B C L
E I N N I X G F A Q I S R R I
L O N A A O X D N E T T Y E M
L Y N A R D M A V X O E N T M
Q C W L Q S E Y O X R R N T O
E M I B I T G W O Y U F E B R
N A A T N V W A L M N G X X T
S R S A E X P L O S I O N T A
Y U L D P X S K N G C I L X L
J T T C R H L E E N Y L A O O
A I Q L F C D R R D Y L A N C
```

ALLIANCE	DNA	ORDER
ATLANTEAN	DYLAN	ROGUES
BAR	EXILE	SAIL
BRYNNE	EXPLOSION	SECRET
COLONY	IMMORTAL	SISTER
COUNCIL	JUSTIS	SUN
DANCE	LONDON	TRAITOR
DAYWALKER	LONER	ZAEL

"I walked away from you once.
God help us both, I don't think
I can ever do it again."

~Ettore "Savage" to Arabella
MIDNIGHT UNTAMED

MIDNIGHT UNTAMED

Puzzle 21

```
U P Q S Y H M A R A I H C F B
E B G A L Y L I M A F G G K F
T B I S A N Y E V O L T S O L
N R V S T X S P R O I R R A W
G E N I I S R C G A M B L E R
L D O X C M T T I A R E T A M
R R I Y Y L P I E T R H W Z L
Q O T S R V A T S E O E H Y Z
R H I V E I L A U R G C P J E
E E N I U N L N O O U C R Y N
H G O S N E E I H T E W J A Y
T A M I I Y B U E T F O L I N
O V E O T A A M F E D M W Q I
R A R N E R R M A S S I O N I
B S P S D D A N S C R Y I N G
```

ARABELLA
BROTHER
CHIARA
ETTORE
FAMILY
GAMBLER
ITALY
LOST LOVE

MASSIONI
MATERA
NARCOTIC
ORDER
PREMONITION
REUNITED
ROGUE
SAFE HOUSE

SASSI
SAVAGE
SCRYING
SCYTHE
TITANIUM
VINEYARD
VISIONS
WARRIOR

"You are a complication to be sure, Chiara Genova. You are also the most extraordinary woman I've ever met. And I would do anything—sacrifice any part of me, including my last breath—to keep you safe."

~Scythe, to Chiara
MIDNIGHT UNBOUND

MIDNIGHT UNBOUND

Puzzle 22

```
J B Q H U G W E N H U N T E R
E R E H S A P I E T R O R V E
O B H A M P U T E E J E D C H
G E M O R N E A P G T R S P T
M E O P O H R S C Y T H E S O
R P N S M A I Z Y L I M A F M
B W O O I S C H E S S G A M E
O T Z H N A F A R M H O U S E
D K C K L E K L I T A L Y I U
Y W N L B L O O D B O N D F N
G G I D Z N O C I N A I L G A
U V A E E J N D Y S Q E S R U
A W M R V T Y Q X Y W O D I W
R K P A P A J Z D R O G U E S
D V I N E Y A R D A R E T A M
```

AGLIANICO
AMPUTEE
ASHER
BLOOD BOND
BODYGUARD
CHESS GAME
CHIARA
FAMILY

FARMHOUSE
GEN ONE
HUNTER
ITALY
LONER
MATERA
MOTHER
PAPA

PIETRO
ROGUES
ROME
SCYTHE
SON
VILLA
VINEYARD
WIDOW

It wasn't as if he hungered for female company. He was far from a saint, but he made it a practice to avoid intimate entanglements with women bearing the teardrop-and-crescent-moon birthmark of a Breedmate.

If he needed a reminder of why he kept his appetites confined to human women only, Kaya Laurent was it.

~Aric and Kaya
CLAIMED IN SHADOWS

CLAIMED IN SHADOWS

Puzzle 23

```
T Y D E M U G K C A M G I B G
X W K O N X B A B Y M O L E U
T O O H B I E Z I R E M S E M
J R A B R G W M O N T R E A L
G X V E C W N T G N I D D E W
S X C T S H O D K T R E V O C
S E X R R Q G Z C F N D J V S
W E N A E B A P A R T N E R S
O N E Y K N R S J I Y N H Q K
D I V A L A D A I N I C S X A
A A A L A H D R R M Z X U T P
H R R A W B E K T I E D B S E
S T Y V V Y O R U I Y C I M U F
R A D B A I Q H M U J A A R A
K P F C D S M G D W E R B T R
```

AMBUSH	GROOM	RAVEN
ARIC	KAYA	RED DRAGON
BABY	MESMERIZE	SHADOWS
BETRAYAL	MOLE	SIOBHAN
BIG MACK	MONTREAL	TRAINEE
COVERT	PARTNERS	TRUST
DAYWALKERS	RAFE	TWIN
DMITRI JACK	RAID	WEDDING

"Don't push me, Sia."

"I think a push is exactly what you need."

~Trygg and Tamisia
MIDNIGHT UNLEASHED

MIDNIGHT UNLEASHED

Puzzle 24

```
D R A C D S V F S A N T I N O
K B D W X H A A P U D D S Q R
I L A Z A R O L A T S Y R C J
N P M B F A O T R O P E L E T
G I B F Y R N A E T N A L T A
P N E D D I H E R N O S B W O
I H O O U X X S N O O G R A C
N V A O D I J U W G G R O M E
R M S E L N P N T A C G X X V
E E S E D T O L A R N B Y G U
T K A E O R D I M D D S A R I
L O S P B U A G I D J C V I T
E Z S U L D O H S E K A Q Z T
H U I U B E N T I R P R S Z G
S O N H F R O B A N I S H E D
```

ASSASSIN	HIDDEN	SANTINO
ATLANTEAN	INTRUDER	SCARS
BABY	KINGPIN	SD CARD
BAIT	LAZARO	SHELTER
BANISHED	ORB	SUNLIGHT
CARGO	PHAEDRA	TAMISIA
CRYSTAL	RED DRAGON	TELEPORT
EXILE	ROME	TRYGG

He was in uncharted territory now. Blessed with a combination of his mother's golden looks and his father's bulk and swagger, Rafe was accustomed to having the undivided attention of any female he wanted.

Not this one. And damn if that didn't make him all the more determined to find out why.

~Rafe and Devony
BREAK THE DAY

BREAK THE DAY

Puzzle 25

```
Z Q B X T S F E V E C F Q W S
U I D S Q O L E T H R P Z U I
R N I W X L Q A G N A G M D P
C E C R A R R U B M K S Q L H
H T E S S T Y K F A M I L Y O
E F A Z L S B F L O B C W Y N
F L R I K J D A Y W A L K E R
A T F N U B L P R R Q K M A P
R N I S O C M E A N E T A F N
I R T S T Y L O L R A U S T N
B I T S N A O U B O T H V A P
S O E O E H L N E E N N T R W
N U V H R D I B A S R D E A R
Q E K Q F F Y G X I S I O R N
D U N O S I R R A H P I F N S
```

BOSTON	FIREBOMB	LONDON
BRINKS	GANG	NATHAN
CLUES	HARRISON	PARTNERS
CRUZ	HEALER	PIANO
DAYWALKER	HEIST	QUEST
DEVONY	INFILTRATE	RAFE
FAMILY	JUSTIS	SIPHON
FATE	LASALLE	TESS

WORD SCRAMBLE

Each word in this puzzle is made out of words contained within the quoted phrase.

Have fun searching! ☺

WHAT'S IN "THE MIDNIGHT BREED SERIES"?

Puzzle 26

```
O J Q M J C V A G H F E R I S
X B H R F H S E I M E N E F T
D E Y S D E M I S E S K F U S
Q D E T E R N I T I E S J C D
S T S R I H T D D S G E K G S
I I H E R I S E D S E H N F T
S M H B N S S H A F I B S I Z
E E S V G T T R K R X N I B M
N E P N I B E B I T E R S R K
E T I N H D B C L S I I O E T
G E I E E S I P X D M N G T E
B E I E T I R I S E S G R H K
S R M N B H T J D G M E I R T
S E I A V Z H E K F M S N E P
D H E M M J S O P K H T S N V
```

BEDTIME
BEINGS
BIRTHS
BITERS
BRETHREN
DEMISES
DESIRE
DESTINIES

EIGHT
ENEMIES
ETERNITIES
GENESIS
GRINS
HEIRS
HINTS
INGEST

IRISES
MINE
REDEEMED
SIGHS
SINS
SIRE
THIRST
TRIBES

"This was Lucan's true destiny," Tegan said, the forbidding Gen One looking out at his leader, his friend, with respectful, admiring eyes. "It's always been in him to lead, to be the one clearing the way toward a better future. It's what he's done from the very beginning. He honors his race well."

~Tegan, on Lucan
DARKER AFTER MIDNIGHT

LUCAN THORNE

Puzzle 27

```
D Q L B B S E D U C T I V E M
H E T A M W X E H L O M E N A
E S B H U L P R O T E C T O R
V A V F E L L E I R B A G U E
Z H P P F D H H Y Y C U D O K
H P E Q A T J O G E N O N E P
C L K R T F U N W A R R I O R
S A I N H A A O E C I T S U J
K O Y W E M T R R E D N U O F
N C Q D R I Q A E G A R U O C
R M N I H L E B L E Z N F O R
J E A G M Y V L D E T S U R T
M H D P D S R E N R M L F D I
C J K L T V A B R E T H R E N
Z C I Q E X N O T S O B E R F
```

ALPHA	FAMILY	LEADER
BOSTON	FATHER	MAREK
BRETHREN	FOUNDER	MATE
CHAIRMAN	GABRIELLE	ORDER
COURAGE	GEN ONE	PROTECTOR
DARION	GNC	SEDUCTIVE
ELDER	HONORABLE	TRUSTED
EVRAN	JUSTICE	WARRIOR

Gabrielle didn't know what to look
at first: the treasure trove of
literature, or the medieval work
of art starring Lucan Thorne,
circa what appeared to be
the fourteenth century.

For a minute, all she could do was
stare up at Lucan's likeness, woven
so expertly in silk threads. She
reached out but didn't dare touch
the museum-quality piece.

My God, she thought, awed, as the
incredible reality of this strange
other world sank in fully.

All this time, they had existed
alongside the human world.
Incredible.

~Gabrielle, at the Order's compound
KISS OF MIDNIGHT

IN THE OLD TIMES

Puzzle 28

```
S R T C A P M A R E K G D V D
S E E E P O R U E D R A G O S
G D N H B A I S S A K D M B J
Z B S O T L Y R T S E P A T F
L L F X N O O S E C R E T S A
U K T J Y E M O B E A G D G T
C E I G H T G G D N T C L E H
A I P B R C N R C L Q A G C E
N F G B R I O I M S U A G A R
X O F E S O E S A H N S G S I
V G A I D N T U N H X Z T T G
L Y R O T W F H S A C A C L C
N P L S S N R V E W M R E E R
U F B R J I K M E R O U O R A
S N I A T N U O M R S I H S W
```

ANCIENTS   GEN ONES   ORDER
BLOODLUST   HUMANS   PACT
BROTHERS   KASSIA   SECRETS
CASTLE   LUCAN   SORCHA
DRAGOS   MAREK   TAPESTRY
EIGHT   MOTHER   TEGAN
EUROPE   MOUNTAINS   UPRISING
FATHER   ODOLFS   WAR

He smiled at her, then began a slow prowl around the Cornacchini display. *"Sleeping Endymion,"* he said, reading the placard for the sculpture of the mythical shepherd boy. "What do you think he dreams about, Tess?"

"You don't know the story? Endymion dreams of Selene."

"The Greek moon goddess," Dante murmured next to her, his deep voice vibrating in her bones. "A human and an immortal. Not the ideal combination, is it? Someone usually ends up dead."

~ Dante and Tess, at the Boston Art Museum
KISS OF CRIMSON

THE ART MUSEUM
Puzzle 29

```
H D N P T B E R U T P L U C S
L C W J X Z S S R A J Y Y V S
D U E F A R H E X H I B I T S
E R D J D I C E N D Y M I O N
V A A K S E H E I S T B R N N
O T J T P S B O S T O N M K R
N O O T N T E E N A I S S A C
Y R I F F A T T S T E R C E S
Y O Q S E G H R A A S E U L C
N G S T Q D U T N D K T R A C
A I N U R G E A A M T M O A T
K A E R Q Z D N R N F S R W C
D O U Q A R L E A D Q Y R O Q
O N E E O N V D F O S E U I J
E I L J R J P L F C L Z S S F
```

BOSTON   EXHIBITS   NATHAN
CARYS   FIRST DATES   RAFE
CASSIAN   GUARDS   RECEPTION
CLUES   HEIST   RUNE
CURATOR   HISTORY   SCULPTURE
DANTE   JORDANA   SECRETS
DEVONY   KISS   TESS
ENDYMION   LOANED   ZAEL

He knew too well the power Mira's gift of Sight possessed. It was a knowledge he couldn't deny now, no matter how much he wanted to believe they'd find a way past the death sentence Lucan was destined to hand down to him.

But they still had the here and now. They had this moment.

He rose with her, taking her up to her feet with him on the grassy mound atop the bunker. On the eastern-most horizon, a thin glow was forming, just the barest edge of dawn. The night had passed and they were still together.
Still together, for now.

~Kellan and Mira
EDGE OF DAWN

EN-TITLED

Puzzle 30

```
M S S S I K G H C U O T D C A
S O E C M Z G N F G R L I E V
E J K H W N C N I W S Q I B S
A U A S S R O Q I S P M E D H
U R M B I A F M S N I O W N A
D F J M A W E R E T E R C U D
L E S K D J K E G E T K L O E
U O F E E G O K D M O C A B S
N W G Y K U R R E P K T I W Q
T D S V R I T A U T D A M O A
A T L T A T S D F E I K E K S
M A M Q M I Z H E D P E D R C
E S E V A R C P X Y R N A L B
D T R D V A E P U N B O U N D
B E D V I R D E H S A E L N U
```

ASHES   DEEPER   TAKEN
AWAKENING   DEFY   TASTE
BOUND   EDGE   TEMPTED
BREAK   KISS   TOUCH
CLAIMED   MARKED   UNBOUND
CRAVE   RISING   UNLEASHED
CRIMSON   SHADES   UNTAMED
DARKER   STROKE   VEIL

Renata held Dmitri up for all gathered to see.

"This babe is ours," she and Niko said, reciting words Mira had once described to Kaya. Hearing them spoken in this setting, in this moment, was more powerful than she could have imagined. "With our love we have brought him into this world. With our blood and lives we sustain him, and keep him safe from harm. He is our joy and our promise, the perfect expression of our eternal bond, and we are honored to present him to you, our kin."

As one, Kaya included, the assembly answered with the traditional reply: "You honor us well."

~Kaya and Aric, with the Order in Montreal
CLAIMED IN SHADOWS

INFANT PRESENTATION CEREMONY

Puzzle 31

```
H U C S J P D B B K E M A N Y
W I X F T P G J O Y F R I E R
O Q M B Z A B R N G R J X N H
V B N P I P F M M J A N I K S
Y O I E S E L D N A C T R F T
J B A O T E L D A R C S H U N
K Y T R L I Y F H N Q I G E E
V W S L A I B R D E G L C J R
J R U W V E S T A O F K N I A
P O S R L N S S C U O A H E P
L N T Z E A M I E E T L S B D
E O S E E C U E M N T C B V O
D H I V K O I T L O T O N G G
G R R O K L G T I O R I R A R
E A W L W U I T E R S P W P S
```

BITE	KIN	SAFE
BLOOD	LOVE	SANCTUARY
CANDLES	NAME	SILK
CRADLE	PLEDGE	SOLEMN
GATHER	PROMISE	SUSTAIN
GODPARENTS	PROTECT	VOW
HONOR	RECITE	WITNESS
JOY	RITUAL	WRIST

"My father, and the seven other Ancient Ones like him, were not of this world. They were the first of my kind, beings from another place, very different from this planet."

It took her a second to absorb what she had heard, particularly on the heels of everything else she was coming to grips with at the moment. "What are you saying—they were aliens?"

"They were explorers. Savage, war-minded conquerors, in fact, who crash-landed here a very long time ago."

~Lucan, to Gabrielle
KISS OF MIDNIGHT

THE ANCIENTS

Puzzle 32

```
T B U A N D S C H S S E T A M
Q T U H T E S L A T S Y R C B
J Z S H C Y E R O L K L O F I
Q Y G R A M H L S J P I H S W
X I E H H C U I M M O R T A L
E T P W E F T D X I I P V G S
S L H T R N E C P Z K H X N L
A L O E A C S R O C K H O D A
I I W L N A E A F R T S S O H
B O T A V D D S M A R F Y O T
P A V A A E D H P H X E R L E
J D G T A L I E N U R A W B L
A E O J T C L D F N O W D L O
X R N P H E R B M T E R R O R
S B G M T F T G A S D Q Y V K
```

ADVANCED
ALIEN
ALPHA
ATLANTIS
BIOTECH
BLOOD
CRASHED
CRYSTALS

DNA
EIGHT
FOLKLORE
HUNTS
IMMORTAL
LETHAL
MATES
POWERFUL

PREDATORS
SAVAGE
SECRETS
SHIP
SONS
TELEPATH
TERROR
WAR

The surrealism of the whole thing got even stronger when Alex and the rest of the Order's females—five youthful, stunningly beautiful women and the blond little girl named Mira—filed out of the kitchen with the rest of breakfast. They chatted companionably, as relaxed among one another as if they'd been together all their lives.

They were a family—Alex included, even though she'd only arrived a week ago, along with Jenna.

~Jenna, with the women of the Order
TAKEN BY MIDNIGHT

EATING WITH THE BREEDMATES

Puzzle 33

```
I  T  T  O  C  I  N  A  M  D  A  E  R  B  A
X  J  B  X  S  T  I  S  P  O  L  L  A  C  S
I  S  W  R  E  E  V  I  C  E  C  R  E  A  M
S  N  E  I  H  L  Y  R  K  A  P  P  L  E  S
T  I  O  P  C  E  G  R  T  A  R  T  S  T  F
E  F  C  E  I  M  P  L  R  E  T  O  A  S  T
A  F  H  I  W  O  Y  K  J  E  Q  O  V  U  C
K  U  A  N  D  U  R  U  Y  W  B  J  B  N  B
V  M  M  W  N  E  T  N  M  L  O  E  B  T  F
S  Q  P  O  A  G  S  I  C  B  Q  S  U  P  V
E  E  A  R  S  K  A  F  M  O  X  F  D  L  S
P  E  G  B  I  Y  P  U  M  V  F  R  G  M  B
E  Z  N  D  K  D  G  Z  C  A  T  F  I  S  H
R  W  E  I  S  E  P  A  N  A  C  C  E  B  S
C  U  D  L  W  S  N  O  M  L  A  S  A  E  T
```

APPLES
BLUEBERRY
BREAD
BROWNIE
CANAPES
CATFISH
CHAMPAGNE
COFFEE

CREPES
GUMBO
ICE CREAM
MANICOTTI
MUFFINS
OMELET
PASTRY
PBJ

SALMON
SANDWICHES
SCALLOPS
STEAK
TARTS
TEA
TOAST
WINE

"Dragos's Breedmate wove this piece specifically for me," Lucan put in with a dark scowl. "Are you saying Kassia deliberately hid this message in here? Why? And why the hell wouldn't she come to me and tell me about this?"

"Because she was afraid," Savannah said. "She'd been entrusted with a terrible secret, and she feared what might happen if she let it out."

MIDNIGHT AWAKENING

TAPESTRY SECRETS

Puzzle 34

```
P Q N U M E D I E V A L A A G
G I J C M E C W A N C I E N T
E U X E L E D R N N S A I I J
A N U T Y R O Z O S O C Y R Y
P L S E W N V H A F B R O I R
C A N O O M Q K I O T E U W A
C S K W B I H G R D T S F X R
F D R A G O S D S S D C H S B
A P U E R G E E A L C E A F I
J E F S E R C E E X W N N L L
D J E S L R L T L Q K T N O U
P T I A E U P F D W L E A D P
W L N T C Y O H D G C V V O J
E D T A R L F K I J B H A Q L
S N N C D P O A R B I T S U G
```

ANCIENT   EAST   LIBRARY
BORDERLANDS   ELISE   LUCAN
CASTLE   EYE   MEDIEVAL
CLUE   FOLD   MOON
CRESCENT   HIDDEN   ODOLFS
CROFT   HORSE   RIDDLE
CRYPT   IRINA   SAVANNAH
DRAGOS   KASSIA   SECRET

"Someone remind me why I didn't want to be an accountant when I grew up," Brock drawled.

Niko chuckled. "Because accountants don't get to make things go boom."

~Nikolai and Brock
MIDNIGHT AWAKENING

WEAPONS OF WAR

Puzzle 35

```
Z S E D A L B S L A T S Y R C
S B E R E T T A R U O F C C S
W P E F O E X P L O S I V E S
O E T A T I P A C E D O F O D
R E G E E T S A L B D N I M X
D J J D D U B M U I N A T I T
S G A E J N E Y T I L I G A T
S H A E H O E R U T R O T V G
R T N P C G S N U N I N E M M
E G O S S A T Z X S V O C I A
G N S S E R E F Z R N X N T U
G E M G U D L L I Q U I D U V
A R I N G D L Y S G O C P A Q
D T R A O E U E U N H H A E I
F S C F R R B E S S D T J T R
```

AGILITY   DECAPITATE   RED DRAGON
BERETTA   EXPLOSIVES   ROGUES
BLADES   FANGS   SNIPER
BULLETS   FIGHT   SPEED
C FOUR   LIQUID UV   STRENGTH
CRIMSON   MIND BLAST   SWORDS
CRYSTALS   MINIONS   TITANIUM
DAGGERS   NINE MM   TORTURE

One of the Order's black SUVs was waiting inside a private hangar as the small jet out of Berlin taxied in from a corporate runway at Boston's Logan Airport.

Rio and Dylan were the only passengers aboard the sleek Gulfstream twin engine. The jet and its human pilots were on round-the-clock retainer for the Order, although as far as the two flyboys knew, they pocketed their sizable cash salaries on behalf of a very private, very wealthy corporation that demanded—and received—complete loyalty and discretion.

MIDNIGHT RISING

OH, THE PLACES WE'VE BEEN

Puzzle 36

```
P L E T C G U M D I F L A M A
N A U I G R I D U S N E E U Q
O E G O O U T M B Y I Z N C H
T R A R C B A E L A K S A L A
G T R T C M L S I T N A L T A
N N P E O A Y M N A R E T A M
I O P D R H H G R U B N I D E
H M Y A O S N A E L R O W E N
S D B K M Y N O R O M E M L O
A E O U U E C E B E U Q X N F
W N S X W B E R L I N B J T L
V M T P W N O Z Y P G R H T P
W A O U I M Z I A Z N E T O P
O R N A F Y H A U H S P I B D
T K M C L Z O N O L O N D O N
```

ALASKA
AMALFI
ATLANTIS
BERLIN
BOSTON
DENMARK
DETROIT
DUBLIN
EDINBURGH
HAMBURG
ITALY
LONDON
MAINE
MATERA
MONTREAL
MOROCCO
NEW ORLEANS
NEWPORT
POTENZA
PRAGUE
QUEBEC
QUEENS
ROME
WASHINGTON

"Are you going to tell me what's going on?" Dylan asked.

"Damage control." Rio picked up the phone, knowing it was Gideon even before he heard the slight English accent on the other end.

"I'm calling you on a scrambled signal, Rio, so speak freely. What's up? More importantly, where the fuck have you been all this time? For crissake, it's been five months since you went off grid. You don't write, you don't call…don't you love me no more?"

MIDNIGHT RISING

THE ORDER'S RESIDENT GENIUS

Puzzle 37

```
T E C H L A B U N E T W O R K
T N A I L L I R B T N Y I J Q
M T C M A W H A U J T Z C A D
P U X G H S U N G L A S S E S
A E T R E P X E S D R O C E R
S L N F H M G C V D C T U G S
S B O R Z P G S M A R G O R P
W A C E S N Y D A T A B A S E
O S E I O S A T E L L I T E S
R I R E L C V N N S E N O R D
D D D E O S C A K S F I L E S
S I T D T R A C K I N G I W I
G N I M Y N X I X S C F F D Q
I N L P I V D O S S I E R N P
G Z T O E D I V I R E K C A H
```

BRILLIANT
CODING
DATABASE
DISABLE
DOSSIER
DRONES
ENCRYPT
EXPERT
FILES
GIDEON
GPS
HACKER
IID
INTEL
NETWORK
PASSWORDS
PROGRAMS
RECON
RECORDS
SATELLITES
SUNGLASSES
TECH LAB
TRACKING
VIDEO

WORD SCRAMBLE

Each word in this puzzle is made out of words contained within the quoted phrase.

Have fun searching! ☺

WHAT'S IN "THE ANCIENT'S CRYPT"?

Puzzle 38

```
N S P P V S L M G T Y R A N T
G H Y I W C E A U U H V V E H
M C P A R F Y N C I H C Y S P
E C V T R A P T I X U P Z N P
R A Y L R A T S E P T P E A R
I R D C I D M E T W Q S T Z S
S P H N U B O S S P B T T F N
F E Z O G E C C W S E T Y P J
S T P F S H C S P R T Y R S H
T G H E C H A I N S E L T R A
H R T E W Z F S R T R Q S E R
U I A B A S O J I G N F E H P
R X N N T T C A T N I P P P I
P G V T C I E K U C T C A I S
H E I R S E C R E C Y M T C T
```

ANTS	HEIRS	RITES
ARCHES	HINTS	SECRECY
CARPET	PAIN	SIRE
CATNIP	PATTERNS	TAPESTRY
CHAINS	PINES	THEATER
CIPHERS	PIRATES	TRANCE
ETERNITY	PSYCHIC	TYRANT
HARPIST	RAYS	YETI

His pulse stirred at the sight of her, sending heat into his veins. Even though he wasn't in the market for a mate, as a hot-blooded Breed male, it was impossible to deny his body's intense reaction to the female. He drew in a slow breath, his acute senses taking in the cinnamon-sweet scent of her and the subtle uptick of her heartbeat as he held her in his unblinking gaze.

For a moment, he was sorry he didn't have any use for tribal laws or ancient pacts that would put Seraphina Sanhaja in his company—better yet, in his bed—for the next eight nights.

~Jehan and Seraphina
STROKE OF MIDNIGHT

BREEDMATE BLOOD SCENTS

Puzzle 39

```
V I O L E T C C R R E E S A A
M C W B Z I H A C A R A M E L
Y A W Q T E T S E I S W E E T
E E O O R C L J D N E M M I H
N P X R E E V I S U L E A N M
O E I N G C K H E N I M S A J
H E H E A T H E R S C R E A M
S S E S O R R A G U S U Z V V
F D D S N X Z Y I S U R T I C
N M P H Y R L K A L L I N A V
H R I H I I O S U D N O M L A
P A P A L B T A I L O N G A M
Z W A N O M A N N I C V M M M
Z E I F J W E L J U N I P E R
S L G U H T B T O M A G R E B
```

ALMOND	EXOTIC	RAIN
BERGAMOT	HEATHER	ROSES
CARAMEL	HONEY	SEA AIR
CHERRIES	JASMINE	SUGAR
CINNAMON	JUNIPER	SWEET
CITRUS	LILY	VANILLA
CREAM	MAGNOLIA	VIOLET
ELUSIVE	NECTAR	WARM

"I am cyborg, hear me roar."

~Jenna, to Darion Thorne
EDGE OF DAWN

THE EVOLUTION OF JENNA

Puzzle 40

```
S I S H P Y L G A N H K Q L K
T M N T H P S S N N Y L C H G
R P I Y V Q E E P Y C S V E V
O L F X E I O G R P O I D Y N
N A E R R K N O S S E L E G A
G N N O C I T J H O A N D N A
E T M A V S O Q E P T M L M T
R E T L I U C G P P I I R Z A
M T O H R I D D W C F O I Z R
A V P N T E D T R E F G U C C
E G A E L R N O S S M H D K H
B L N W E M C A N A T P E C I
S E O A E H R A M A P O T O V
G N M B I M R Q E U E M A R E
K S C P G T Y D N I H L M B S
```

AGELESS	EVOLVING	LIFE
ANCIENT	GENETIC	MATED
ARCHIVES	GLYPHS	MEMORIES
ATTACK	HISTORY	MICROCHIP
BROCK	HUMAN	NECK
DEATH	IMPLANT	PAST
DNA	JOURNALS	STRONGER
DREAMS	KNOWLEDGE	TRANSFORM

Dante and the others were Breed, a far cry from the pale, gothic vampires of human folklore. Neither undead nor devil-spawned, Dante's kind were a hot-blooded hybrid mix of *Homo sapiens* and deadly otherworlder. The Breed's forebears, a band of alien conquerors who crash-landed on Earth millennia past and who were now long-since extinct, had bred with human females and given their offspring the thirst—the primal need—for blood.

KISS OF CRIMSON

SERIES HEROES

Puzzle 41

```
K U W O Y B O C F M D S S J W
R I S R R S A I H T A M Q J T
U K A A E S A E R D N A S Q P
N C I Z T E I Z T W L Z K E P
E X F A N L T N E S A V A G E
Y S Q L U L O N G O I Z P E V
T B Z C H E E A A K A D E J L
Y I A G D E Q K N D L U G S Q
E N R I Y C S O A G O S H C P
Y T G B B H L K Q R K R C Y E
G C I R T A E E I Q I N Q T Q
T M O R A S F L C O N C J H S
A C Y L L E A L K U I E G E H
K G N J X L R A D S J E H A N
G Q N A T H A N M L O C L A M
```

ANDREAS
ARIC
BROCK
CHASE
DANTE
GIDEON
HUNTER
JEHAN

KADE
KELLAN
LAZARO
LUCAN
MALCOLM
MATHIAS
NATHAN
NIKOLAI

RAFE
RIO
RUNE
SAVAGE
SCYTHE
TEGAN
TRYGG
ZAEL

Underneath her calf-length black trench coat, the ebony-haired Breedmate wore lug-soled boots, dark denim jeans, and a black turtleneck. A small arsenal of blades and pistols were sheathed and holstered on the leather belts that wrapped her waist.

To this impressive collection of weaponry, Nikolai added one more: a nasty-looking, long-barreled gun. He handed it to Renata, then placed a clip of ammunition in her open palm.

"Your special titanium hollowpoints?" she murmured, then beamed up at him as if he'd given her a bouquet of prize-winning roses.

Niko grinned, twin dimples framing his broad smile. "Nothing says I love you like custom-made rounds."

~ Niko and Renata
ASHES OF MIDNIGHT

SERIES HEROINES

Puzzle 42

```
W P A V O N A N I H P A R E S
D E V O N Y A A K X N A L Y D
K W T I W N K N E E N N Y R B
N P M G A I A L C O R I N N E
O B X D N R L H M J W N P J V
T H R A I E A S G T I V J O P
Z O D M I N A R A B E L L A J
J N Q R N A S K Y Q A A O E I
K T B A V L C I Z K I S N A A
Z A V T Z E X E C B V N V N I
G A C P V X B R R P A H F E S
S A S S Y R A C Y I T Q A L I
G X Y S C H I A R A A E V E M
M K V A E E S I L E W L E M A
T L S B K T A T A N E R C H T
```

ALEX	DEVONY	MIRA
ARABELLA	DYLAN	NOVA
BRYNNE	ELISE	RENATA
CARYS	GABRIELLE	SAVANNAH
CHIARA	JENNA	SERAPHINA
CLAIRE	JORDANA	TAMISIA
CORINNE	KAYA	TAVIA
DANIKA	MELENA	TESS

"Oh, they will bleed. And if I have my way, they'll beg for mercy and be given none. Not from the powerful army I'll have at my command."

~Dragos, to his lieutenants
VEIL OF MIDNIGHT

THE EVIL OF DRAGOS

Puzzle 43

```
F I M A S S A C R E K D F X P
R M A D S T N E M I R E P X E
D U I T S Q N W X Y W C T H U
D E T F P R L G N I M E H C S
B I T A T T A C K R X I B Y K
R E A U H D I L N U O T L D C
E R H B O I P Q L T T R C K L
E U A C O C D V S O A P R A D
D T T A P L M D Y P C R B E G
I R R P H I I C E S G V M E T
N O E T N G E C E N B D U Y Z
G T D I W R E U A K I D N A P
R S O V C L G K I L L I N G B
K N S E L O H U N T E R S V U
S F S S R Z N N T N E I C N A
```

ANCIENT   EXPERIMENTS   MINIONS
ARMY   HATRED   OUTED
ATTACK   HIDDEN   ROGUES
BREEDING   HUNTERS   SCHEMING
CAPTIVES   KIDNAP   SECRECY
CELLS   KILLING   TERROR
DECEIT   LAB   TORTURE
DIABOLICAL   MASSACRE   UV COLLARS

Kade held Lucan's stare, knowing he could hardly refuse the assignment, even if Alaska was the last place he wanted to be. When he'd left there last year to join the Order, he'd done so with the hope that he might never return.

He wanted to forget the place where he'd been born. The wild place that had called to him like a possessive, destructive lover every moment since he'd left.

SHADES OF MIDNIGHT

NORTH TO ALASKA

Puzzle 44

```
H R D H K L S R O T A D E R P
P S K N A B R I A F A T H E R
L S B R O T H E R S H W P W G
A T E E M J V K N V T T A I Y
G T C D A D Y K A S E V T L S
I W E E K G A A U S S I R D T
D I T M S T Y T V E J C I N E
O N O P I S H K T N P T C E R
R S M T M U S G F E N O E S C
P K E I E L L R I V P R U S E
I Q R O D D A I R I P I G K S
Y Q Q N A O M G D G I A O Y Y
K D R U K O I O M R D J R Q Q
V I F Y M L N R C O N F E S S
R A R D Z B A I H F J G Z F T
```

ANIMALS	GRIGORI	REMOTE
BLOODLUST	KADE	RIFT
BROTHERS	KIR	ROGUE
CONFESS	MAKSIM	SECRETS
ESP	PATRICE	SETH
FAIRBANKS	PREDATORS	TWINS
FATHER	PRODIGAL	VICTORIA
FORGIVENESS	REDEMPTION	WILDNESS

"You're the mole." Rafe nearly spat the words. "I was so sure it would be Kaya, but it was you leaking intel to Opus." He glanced once more to the crates of wired ultraviolet ammunition and his veins iced over. "Now you're planning to kill us all."

She smiled. "You've all made it so easy. How can I resist when you've brought me the very weapon I need to take out most of the Order in one fell swoop?"

Pretty, evil eyes looked up at him sweetly. "But now you have to die first."

~Rafe, to Iona
CLAIMED IN SHADOWS

BAD COMPANY

Puzzle 45

```
O N E I B A F V K C O D R U M
C P I K E S Y R I O R D A N E
R E V I E R T N F N D V G Q N
O Y I F Q N R D V E C D W D Y
W F Z N E L A S A L L E W K E
E D H I G H Q D R A K C A P R
Z U C N Y H B N I H E I L F F
K N A M S M O P H P T E O H O
A A R L A H T C T K B U V N A
V V A R C S P H E A T S K S A
N W E A O H S L C A G O K A K
O K V E R T I I V W K G Z D Y
Y P P U J R H Y O H D A A F L
L Y Y Q I W H U W N E R S R L
E F I K S R R E K A I D H Z T
```

ANCIENT
CROWE
DRAGOS
ELYON
FABIEN
FREYNE
IONA
KERR
KIRIL
KUHN
LASALLE
MAREK
MASSIONI
MURDOCK
PACKARD
PIKE
REIVER
RIORDAN
ROTH
TAGGART
VACHON
VINCE
WALSH
YAKUT

> "This male was mine, as I was his. His blood sustained me. His strength protected me. His love fulfilled me in all ways. He was my beloved, my only one, and he will be in my heart for all eternity."
>
> "You honor him well," came the hushed, unison reply from Lucan and the others.
>
> ~Danika and the Order
> KISS OF MIDNIGHT

BREED FUNERAL RITES

Puzzle 46

```
W N T E J M G A T H E R I N G
C O L I O N W O G S H R O U D
V E D H K D I S E M U F R E P
R C R I O S E T A M D E E R B
A X O E W M H D E R D O O L B
T R T I M A J W D C H A P E L
L N P S S O P Y T I N I F N I
A C S H Y H N R Q E L K Y D R
A I E C O S E Y R Y A B A Z K
K S Y O A S C U H R K Y M N M
Q A D F I N S A O O B K K T F
G E H R B O D N R R Y N H B P
D M N S P R O L E L E D A L B
F U W X A H C A E Y E V I U P
S E E T E S K L I S E T I H W
```

ALTAR
ASHES
BLADE
BLOODRED
BREEDMATE
CANDLES
CEREMONY
CHAPEL
DAYBREAK
EXPOSURE
GATHERING
GOWN
HONOR
HOODED
INFINITY
KISS
OIL
PERFUME
SASH
SCARLET
SHROUD
SUNRISE
WHITE SILK
WIDOW

WORD SCRAMBLE

Each word in this puzzle is made out of words contained within the quoted phrase.

Have fun searching! ☺

WHAT'S IN "LUCAN THORNE'S CLOSET"?

Puzzle 47

```
J C P U V L H G A U E S A H C
T C H G P I V E S U S O U L S
H F C R M V L E A T H E R F Y
T I G A P W S T J R E F J O X
Q F R O S E S J B V S A R T A
H S T V X H E V S K F E L D U
E O T F S G T T S S H O L T T
M R N A G U E R E S U A S E H
V D O O C S O L S M N O E S O
H S X L R T C E T R T G H S R
T O T O S A N Z U T E E S E S
U E C E R T M T E O R W A N O
R A C O O T C R Y F S U C R C
T N D H A O S E N O R H T A A
A H J C N R E T S L O H D H T
```

ANCESTORS	HEARSE	ORACLES
ASHES	HOLSTER	OTTERS
AUTHOR	HONOR	ROSES
CASH	HOTNESS	SOULS
CATS	HUNTERS	STEALTH
CHASE	LEATHER	TACOS
CORSETS	LORE	THRONE
HARNESS	NOCTURNAL	TRUTH

It was breathtaking. Magical.
The most beautiful place she'd
ever seen.

When she tore her gaze away to
look at Zael, she found him
studying her in unabashed awe.

"Welcome to the colony, Brynne."

~Zael and Brynne
DEFY THE DAWN

THE ATLANTEAN COLONY

Puzzle 48

```
G L N D F W G L K I T H G I L
G I O N K I C E L D E R S S U
R C I A E E O L X E X I L E S
N N G L Z Y C I D K X A Y Z R
E U E S X H P S Q S T W X S Z
D O L I A Y D O E R Y T S I M
D C H M G R G I O H C A E B F
I V B R A D R M P S S R E Q H
H E E H O T M A E L N C J S G
R N C G N I R G A T N E R M H
E R G E E A A T R A E E E J D
O E S C D T S E I L W L G R R
Q N A I T Y W L V O I Q U D G
M E S O R O L X L B P E T M C
P E C C P A P F D O A E V I A
```

ALLIANCE
AMULET
BEACH
CHAMBER
COTTAGES
COUNCIL
CRYSTALS
ELDERS
ENERGY
EXILES
FLOWERS
GREEN
HIDDEN
IMMORTALS
ISLAND
LEGION
LIGHT
MIST
ORCHARDS
PARADISE
PEACE
POWER
SENTRIES
VEIL

Lucan looked at them, then at his son and the younger warriors surrounding him. He was looking at the shape of the Order's future. A new generation, already stepping up to the plate.

And they would be needed, all of them.

EDGE OF DAWN

A NEW GENERATION OF WARRIORS

Puzzle 49

```
K Q J R L Z O F H N B A Y A K
Q E F W B C E Q E I V C G F B
Z Z F X G B N N Z R S Y R A C
K O Z A L S E A U O A K P P G
E U J M R F W W H T Y S E A G
L Y I L V E E J A E V E D L Y
L R N J E N A H T N J N A P R
A E Y N O V E D A L L N J C T
N G L L K X W T N N E Y A H J
W K E I V A H S O A P R F A T
S A I C J A X S A W L B U C U
Z S I H N A Y K Z V E H N I N
O R F W J A H K S I A Y C M M
A Y D A R I O N U L T G B A Y
X K Y G Z P H L J U Y F E W L
```

ARIC	JAX	RAFE
BRYNNE	JEHAN	SAVAGE
CARYS	KAYA	SIA
DARION	KELLAN	THANE
DEVONY	LACHLAN	TORIN
ELIJAH	MICAH	TRYGG
GRAYSON	MIRA	WEBB
JADE	NATHAN	ZAEL

"We are united in our purpose to usher in true, lasting peace," said the voice of Opus Nostrum. "Our goal is to bring about a new dawn, something that cannot be possible so long as the Order is in the picture. With them, we run the risk that Lucan Thorne and his ever-expanding army of warriors can bring down their fist on anything Opus Nostrum puts into play."

~Reginald Crowe, to his Opus Nostrum comrades
EDGE OF DAWN

OPUS NOSTRUM

Puzzle 50

```
N U H X Q Q B G G E V L E W T
O P S A B O T A G E Y M E N E
G S R E B M E M S E C R E T B
A E O P K O J W L D M V C N U
R J G W R A W I T O L U O U S
D P L J N Y V L R A L I V V O
D W U Q I E I N B T S D D U A
E V X C Q Q I A R O R D L D H
R C I J S N C A L O V S S I C
M J Z O G Z V P C F H N W U D
A U U S L I X S L K Q O O Q E
N C T S O E I B O M B P D I R
T A O L T D N K Z S C A A L T
R V E V W I L C P Y N E H A A
A T U N M A S K E T G W S W H
```

BOMB
CABAL
CHAOS
DISCORD
ENEMY
EVIL
EXPLOSION
GNC
HATRED
JUSTIS
LIQUID UV
MANTRA
MEMBERS
MORNINGSTAR
RED DRAGON
SABOTAGE
SECRET
SHADOWS
TWELVE
ULTRAVIOLET
UNMASK
VIOLENCE
WAR
WEAPONS

The former neo-Gothic church was far from holy now, and far less reputable than it had been even a decade ago. Graffiti and old shelling scars from the wars all but obscured the fading "La Notte" sign painted on the side of the old redbrick building. No longer pulsing with silky trance and synth music, the current proprietor favored hardcore industrial bands with screaming vocals in the street-level club.

All the better to drown out the raucous shouting and bloodthirsty cheers of the customers taking part in the establishment's underground arena.

EDGE OF DAWN

AT LA NOTTE
Puzzle 51

```
A H C R U H C R D A N C I N G
P R K Z B S T H G I F E G A C
N J I S I S J O F K E N D R A
A A E M N A T J I D N A C U L
N G L W Q E D S A S E U G O R
A G K L L K D S O M E R S M B
D E U R E A C M O H I G J X R
R R T G V K A E S D D E G O E
O S N N G R R B L D H O U I N
J B E C A E Y J W S B N O U T
M A M I S T S R U S Y S F L K
V T E H R S H C D S H L K N B
W N S T U O N A I S S A C G A
Y U A O N O V Y N Z M D J U R
B W B G E R G A B R I E L L E
```

BASEMENT
BDSM DENS
BLOOD HOSTS
BRENT
CAGE FIGHTS
CARYS
CASSIAN
CHURCH
DANCING
GABRIELLE
GOTHIC
JAGGER
JAMIE
JORDANA
KELLAN
KENDRA
LUCAN
MIRA
NATHAN
ROGUES
ROOSTER
RUNE
SLADE
SYN

"Would he ever have told me? Would Cass ever have explained any of this to me—who I was, who he was . . . who my mother was?"

"No. He wouldn't have. You have to understand, he did what he thought was right for you. He manufactured a completely new identity in Boston, an unsavory façade meant to keep him under Selene's radar. He was a soldier; he wasn't afraid of dark work. But he never would've wanted that part of his life to brush up too closely against you."

~Zael, to Jordana
CRAVE THE NIGHT

THE TRUTH ABOUT JORDANA

Puzzle 52

```
R X E R S M E J F R E H T O M
R V K M U S E I L H I D D E N
N E L E T T M S R O T A R U C
H A S F H S S C N U G H W U U
P U T G N E W A D U Q L Z O Q
M X I H C X E P O W E R F U L
R L C N A T L N E T H E R A L
U Y I M N N C R V O O T T A T
N R Q A F R U H T N E L O T S
P S L T Y T T E R C E S H G C
O T E S P P R O M I S E I L X
A E T L R O Y A L T Y H E I R
E A U C E V D D E T C U D B A
L C K Y W N I R S O R A Y A S
S F Q O O V E J N A I S S A C
```

ABDUCTED
ATLANTEAN
CASSIAN
CRYSTAL
CURATOR
ETHERAL
HEIR
HIDDEN

LIES
LIGHT
MOTHER
MUSEUM
NATHAN
PALMS
POWERFUL
PRINCESS

PROMISE
ROYALTY
SCULPTURE
SECRET
SELENE
SORAYA
STOLEN
TATTOO

As they walked into the center of the cellar, the huge Breed male seated quietly on the bare earth floor looked up. He was naked, elbows resting on his updrawn knees, his head shaved bald. He had no name, no identity at all except the one that was given to him when he was born: Hunter.

~Dragos, with Hunter and his Minion handler
VEIL OF MIDNIGHT

THE HUNTER PROGRAM
Puzzle 53

```
U V U E R U T R O T S F B G L
R O Q I Z Q K T G G Y B F O D
K S S E L I C R E M D L O C A
C B Y E T C I S N O I N I M N
M R M G U E T B R E E D I N G
A N R Q M U R R N M T N E I E
S L A A D L A R O B T N E P R
Z Z N E A L E T H W I B N K O
N O R T L C I T S L A I D S U
N I U O A O L H P N S G R L S
S R C N N A A I C S B E A E L
B V E L E C C I A A L N G T L
U M E T K S E S L L O O O H I
T S S L I N S C I W B N S A K
S U E D T A X K P D D E I L S
```

ANCIENT
ARMY
ASSASSIN
BREEDING
BRUTAL
COLD
DANGEROUS
DISCIPLINE

DRAGOS
EMOTIONLESS
GEN ONE
KILLERS
LAB
LETHAL
MENACE
MERCILESS

MINIONS
NO NAME
SHACKLE
SIRED
SKILLS
STEALTH
TORTURE
UV COLLAR

Zael didn't have to look inside the titanium container to know it held the egg-sized, silvery crystal…But with the power source exposed to him now, Zael felt its heat and vibration as if it were a part of him.

In many ways, the crystal *was* a part of him. He and all of his kind shared a unique connection to all five crystals that once belonged to Atlantis.

DEFY THE DAWN

ATLANTEAN CRYSTALS

Puzzle 54

```
P F H V T X K M F E N E L E S
O E Q H D A C E N N E D D I H
E K G U N P B D I M A N U S T
K I Y N T I N P Y O R T S E D
L G E B H L A O N N N U L P S
L J N C K T G W W Q R U J Q I
F E O I X R B E P K I S G Q L
W R I M N L H R K Q S U S E V
Y U T S O M U E P A T N I S E
G T C O I I N L U N N A T M R
R P E C M S E K L A E I N O Y
E L T G Y S L R S D I S A O F
N U O L D I O A I R C S L T I
E C R O N N T P N O N A T H V
D S P W E G S S G J A C A F E
```

ANCIENTS	GLOW	PULSING
ATLANTIS	HIDDEN	SCULPTURE
CASSIANUS	JENNA	SELENE
COSMIC	JORDANA	SILVERY
DESTROY	LIGHT	SMOOTH
ENDYMION	MISSING	SPARKLE
ENERGY	POWER	STOLEN
FIVE	PROTECTION	TSUNAMI

"I don't intend to make the Order bow, Lucan. I mean to make you break. And that is my promise to you."

Her gaze slid to Darion. "To all of you."

~Selene, to Lucan, Gideon, and Darion
DEFY THE DAWN

QUEEN OF ATLANTIS

Puzzle 55

```
T E N O R H T C A N A D R O J
E E C R E I F B R R A W A V I
R V K P O W E R R Y B I M T I
C E Q Z K T A F U B S L Z M O
E X H W R O F G S K K T M D U
S I E A Q G C U R Q C O A U H
D L Y S T H G I L U R O P L Z
V E C R A D I A N T D Q U G S
D D N R U L E R A R A G E R C
L L S D U T Z L E N E L E S T
K E T O Y U H V E N G E F U L
K G W P R M C A S S I A N U S
N I F Z C A I S B C R E A L M
J O K Q M I Y O M V B Q K Q P
O N T R D W T A N C I E N T S
```

ANCIENTS	GRUDGE	REALM
BETRAYED	IMMORTAL	RULER
CASSIANUS	JORDANA	SECRET
COURT	LEGION	SELENE
CRYSTALS	LIGHT	SORAYA
ENDYMION	POWER	THRONE
EXILED	RADIANT	VENGEFUL
FIERCE	RAGE	WAR

Amelie was still holding Corinne's right hand, her thumb rubbing idly over the teardrop-and-crescent-moon birthmark. "It's just like hers," she murmured. "Savannah has this very same birthmark, except hers is on her left shoulder blade. Mama used to say it was the place where the faeries kissed her before placing her in Mama's womb."

Corinne smiled. "Every Breedmate is born with this mark somewhere on her body."

"Hmm," the old woman mused. "I guess that makes you and Savannah sisters of another kind then, doesn't it?"

~Corinne, with Savannah's human sister Amelie
DEEPER THAN MIDNIGHT

ALL IN THE FAMILY

Puzzle 56

```
M B R O P L G N E D M A C E W
L N R F E X R C O N N O R I N
S N Y A L T I B W P O S I D A
S E Z A X G G L F P R E D D R
A O S I P K O S V N M T A E V
C P Q V S V R D Y A O H C B E
S A B V L V I Z K M A R C E L
A V D E V S I S L E S I A M E
L O I J H B I O L O L T Y H D
N L E C A M E L I E Y E G M S
A O S A T M L W J Y I D I K Z
E W M G L O E S E R B T D G A
I Y U I N F R S M F R B T O Q
C D Z D S T M I M I G V I O R
O R T E I P I Z A R H L V L L
```

AMELIE
CAMDEN
CASS
CONNOR
DMITRI
EDDIE
EMMA
EVRAN

GRIGORI
JAMES
LEAH
LEILA
LIBBY
LOTTIE
MAKSIM
MARCEL

PIETRO
RODDY
SAL
SETH
SHARON
SIMON
VICTORIA
ZAEL

Lucan rose to pace behind his desk. "I tell you, Darion. More and more, I fear that true peace between mankind and Breed is sitting on a keg of gunpowder. All it will take is one spark to blow all hope of our shared future sky-high."

Darion listened, still and contemplative, while Lucan wore a track in the floor across from him. When he spoke, his deep voice was grave. "If someone were to light that spark, be they rebels or other malcontents, what better place to incite a war than at a peace summit?"

~Lucan and Darion Thorne
EDGE OF DAWN

AT THE PEACE SUMMIT

Puzzle 57

```
C F G G N B R C G H C E E P S
P B Z J O Q S R K E U L O G Y
O B X P I P A P L I X O N N T
J R D W R L I L N B S B N C N
C E B T A S E A G N C E N N A
E E D T D I L Y N N T L A A C
W D A Z R L T H N B C I H G U
O K J B E I A L O W C S T E L
R T A K R L O E Z O A K A T C
C G R U A B K F M N B D N L G
O D C G M M I R A E O H W I N
I E Z O G M A A N A N I D E P
S E B V D L K S R A V E S P N
U V O K I N O E R P O W M I I
U U K E M N R W Q N H F B Y V
```

BENSON GIDEON NIKO
BREED GLOW OBELISK
CROWE GNC ORB
DARION KELLAN SECURITY
ENEMY LUCAN SPEECH
EULOGY MIRA TEGAN
GABRIELLE NATHAN UV BOMB
GALA NEW DAWN VISION

Dante slanted his comrade a sober look. "The rules of the game have changed, my friend. Opus is making that point loud and clear."

"Yes, they are," Chase agreed. "And that means we either adapt fast, or die trying."

From beside his crouch near Kaya, Aric glanced up at his father and the rest of the Breed warriors gathered in the small space. "If this is our new reality, the Order's going to need more daywalkers."

~Aric Chase and the Order
CLAIMED IN SHADOWS

DAYWALKERS

Puzzle 58

```
P V U E T E Q S U E S B N D G
I R D A L E S Z N E N O N E G
F A N A M N L T Q O D C I R A
J D M E I A U O E T I U S Y V
X E O W C Q S U I A N S Y M K
F R T H E R S S D V M Q S V F
N O L L E G Y Z H I A O I I D
Q A A T N R I L X A O R Q H M
N M S A A H U H M N P D T B W
D I F C Y F D Y O O E B K L G
S I O B R E N S J N R Y V L U
N E R E E O Y C N O C D Y T B
G I W R V A W Y J F Z P E G L
D O B E R R R O Y N H U L R U
P J D G C B O F F S P R I N G
```

ARIC
BREED
BRYNNE
CARYS
DEVONY
DNA
FANGS
FEMALE

GEN ONE
GLYPHS
GRAYSON
HYBRID
JADE
LACHLAN
MALE
MISSIONS

OFFSPRING
ORDER
POWERFUL
SISTERS
TAVIA
TEAM
TWINS
ULTRAVIOLET

WORD SCRAMBLE

Each word in this puzzle is made out of words contained within the quoted phrase.

Have fun searching! ☺

WHAT'S IN "THE ATLANTEAN COLONY"?

Puzzle 59

```
É O Y L V C I P C I V B E T G
Q D N U H N X A A S A S N C E
N O O C Y T X C N G I L A N P
S R F T A B G U O O X N O D O
J T K E Y R H O N E Y T H H L
O O N L Y R W B L O N C V R A
R O A A S C Q C N E U X L L H
Q L L H H O A N L L E T H A L
G G C C L T G A E B C M B Y H
N P B A N J T H T N A H C N E
H E Y E T C C L E C N A L G J
A O T H M A H N O L E H C E E
L C C T T N I E C C F M K Y J
O A E T L O M U A S A S E W P
Y J A W W E S D G T N L X S R
```

ALOHA	ENCHANT	LOCAL
ATTACHE	EYE	LOOT
CANOE	HALCYON	LOYAL
CANON	HALO	NETTLE
CANYON	HEAT	TALENT
CHALET	HONEY	TENTACLE
CLAN	LANCE	TYCOON
ECHELON	LETHAL	YACHT

"I don't remember much else about that night. I remember killing. I remember wading through rivers of blood—my own and that of the other males I slaughtered in that place. When I woke up, it was nearly sunrise and I was lying in blood-soaked sand near the edge of the desert outside the Strip. Another former Hunter found me. If not for Asher, I'd be dead too. He dragged me out of the desert, then kicked my ass to keep me going in the weeks of recuperation that followed."

~Scythe, to Chiara
MIDNIGHT UNBOUND

HUNTER LEGACY SPINOFF SERIES

Puzzle 60

```
M S C T X B S N I S S A S S A
A R E H S A S Q V W A G S V S
R X C W D L X A B H J A D E Y
I A J P L Q N S P G Z E T T C
N L W I M O R L B V E A Q S A
A O R C I E A S F R M N L X G
L H F S H Z S F F D V E O M E
T X S T L E O S E W T N R N L
J A O E L N Y E E H K O Z W E
P R N H I O R C A N Z C A I N
B I T P B B I L N A E P V L E
U U S T T K G M R J Y M P P B
R B S Y F T Q X O W R A I T H
L O G A N X Q Z I A Y H V E V
L A D A R K N E S S N W Q U S
```

ALPHA
ASHER
ASSASSINS
BREEDMATES
BROTHERS
CAIN
DARKNESS
ENEMIES

FREED
GEN ONE
KNOX
LEGACY
LENI
LETHAL
LOGAN
LOST BOYS

MARINA
NAOMI
PASSION
RAZOR
RUTHLESS
SPINOFF
THRILLS
WRAITH

ANSWERS

THE MIDNIGHT BREED SERIES
Puzzle 1

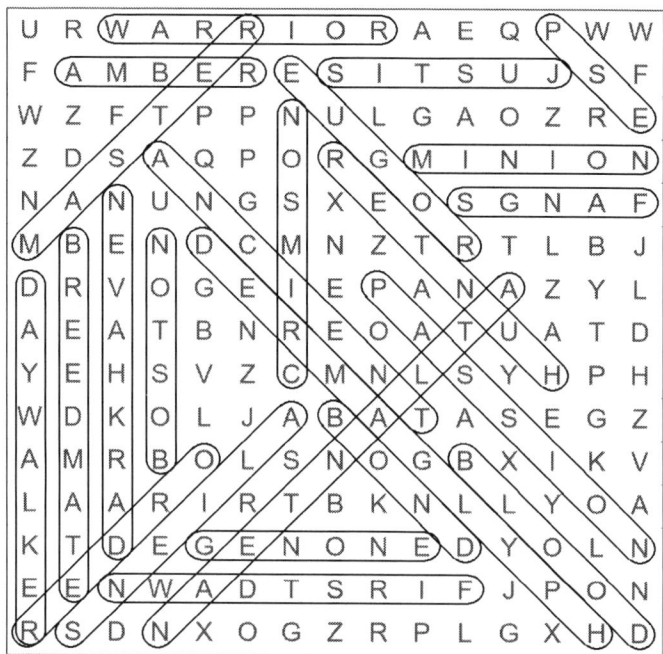

A TOUCH OF MIDNIGHT
Puzzle 2

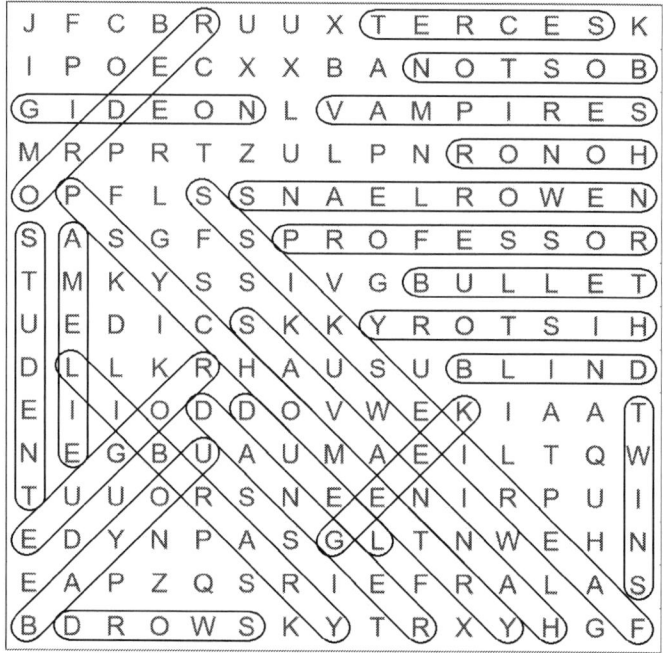

KISS OF MIDNIGHT
Puzzle 3

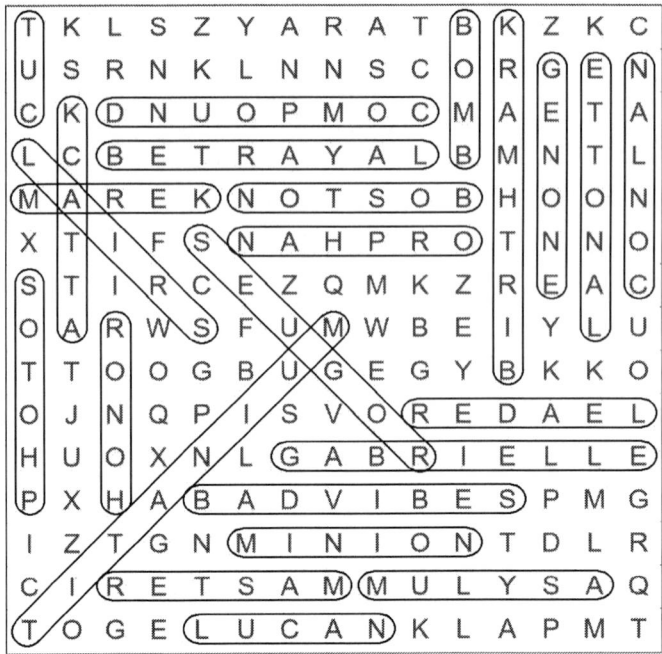

KISS OF CRIMSON
Puzzle 4

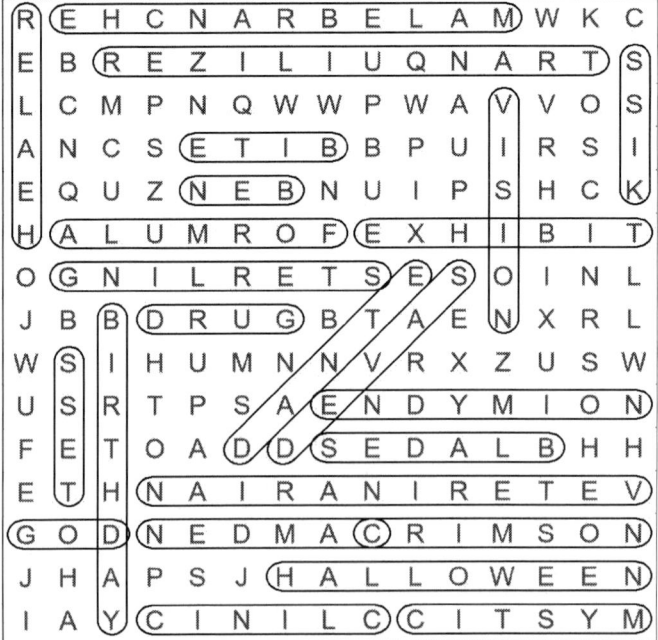

MIDNIGHT AWAKENING
Puzzle 5

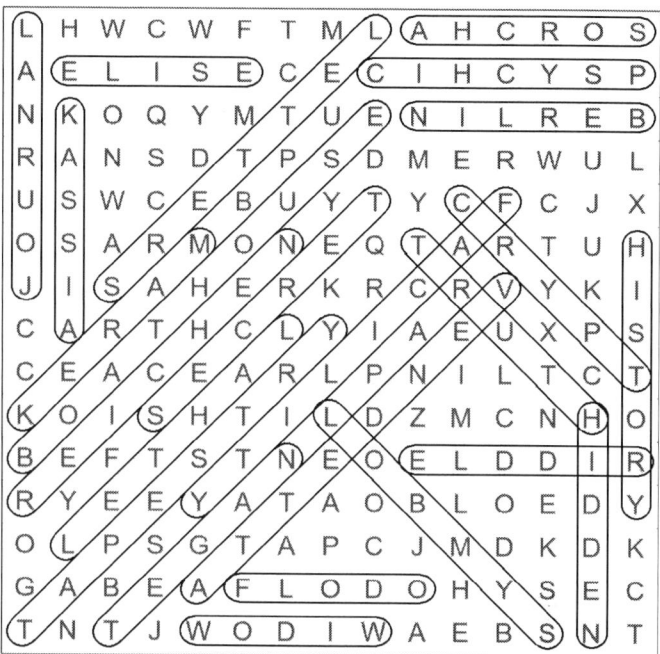

MIDNIGHT RISING
Puzzle 6

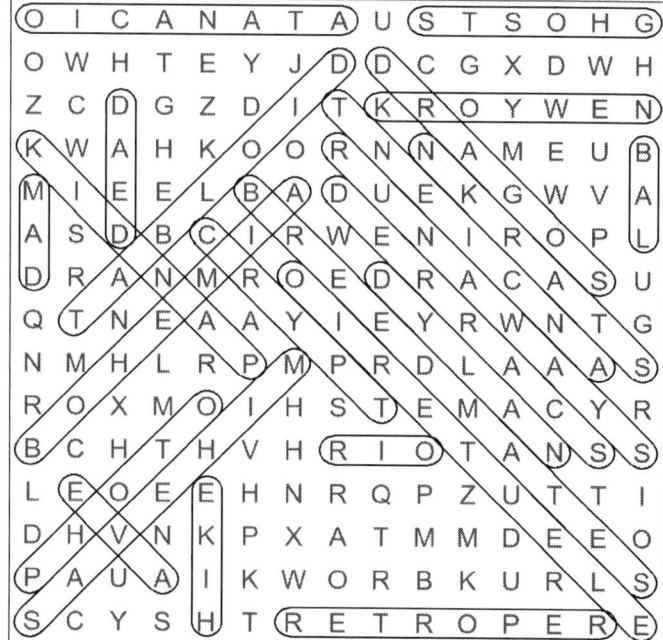

VEIL OF MIDNIGHT
Puzzle 7

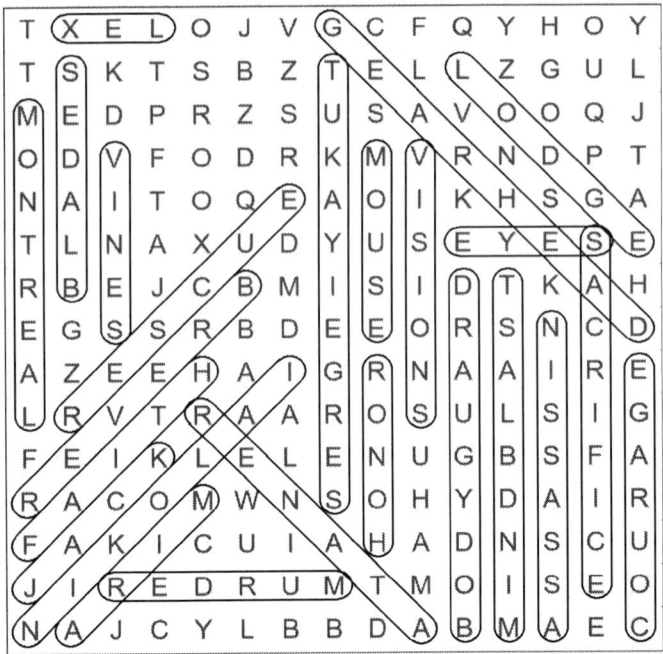

ASHES OF MIDNIGHT
Puzzle 8

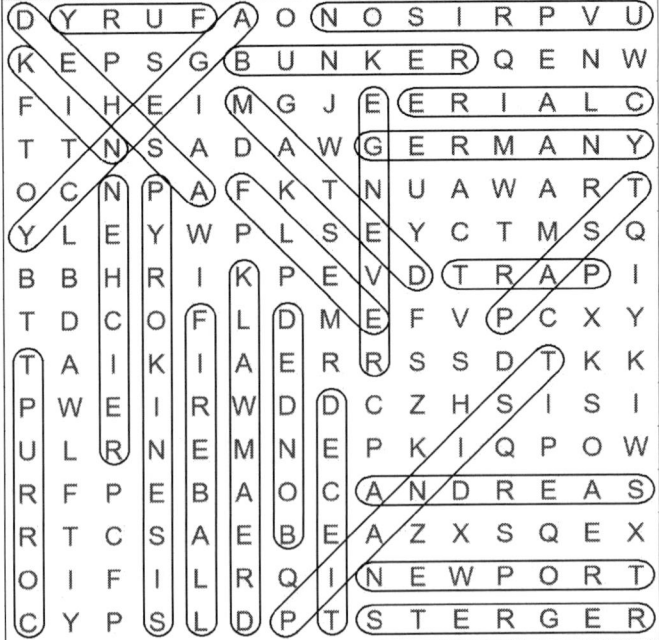

SHADES OF MIDNIGHT
Puzzle 9

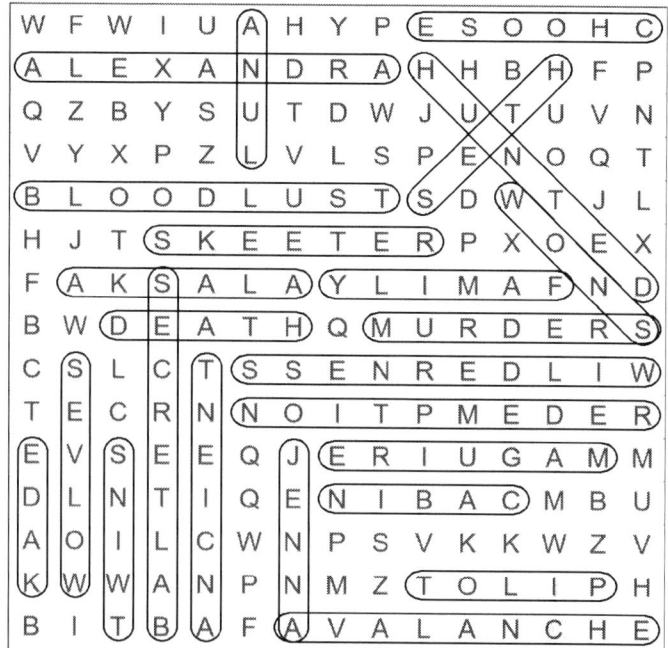

TAKEN BY MIDNIGHT
Puzzle 10

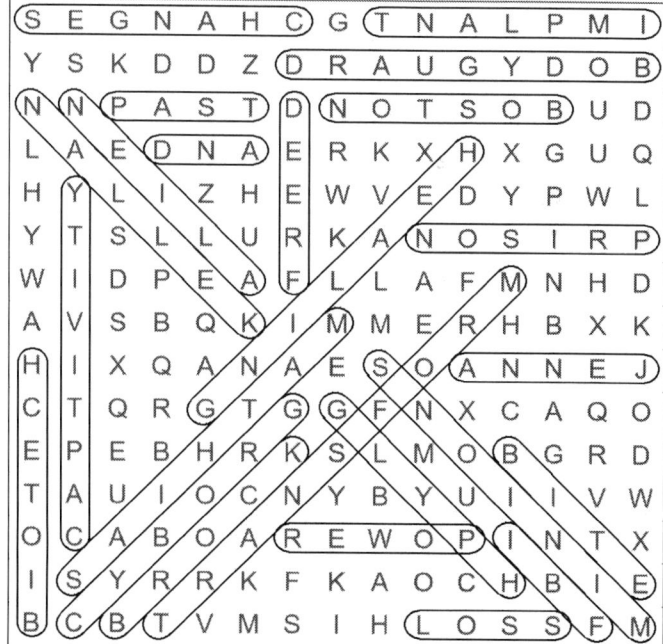

DEEPER THAN MIDNIGHT
Puzzle 11

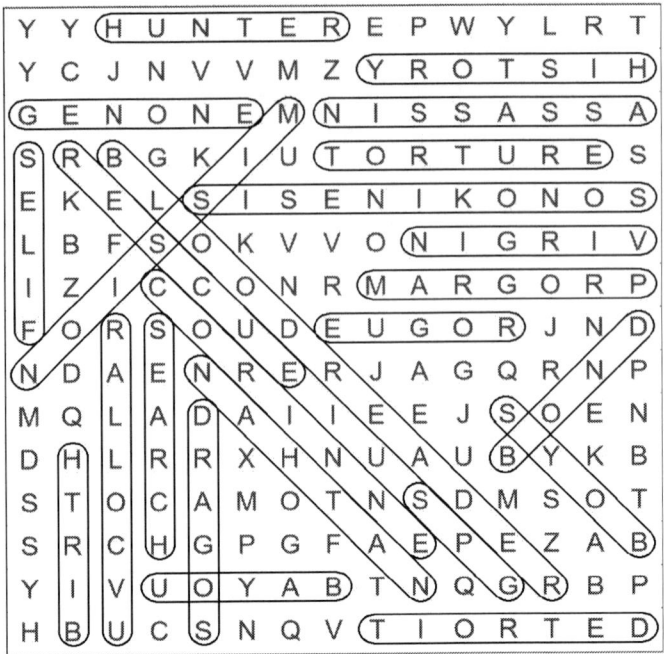

A TASTE OF MIDNIGHT
Puzzle 12

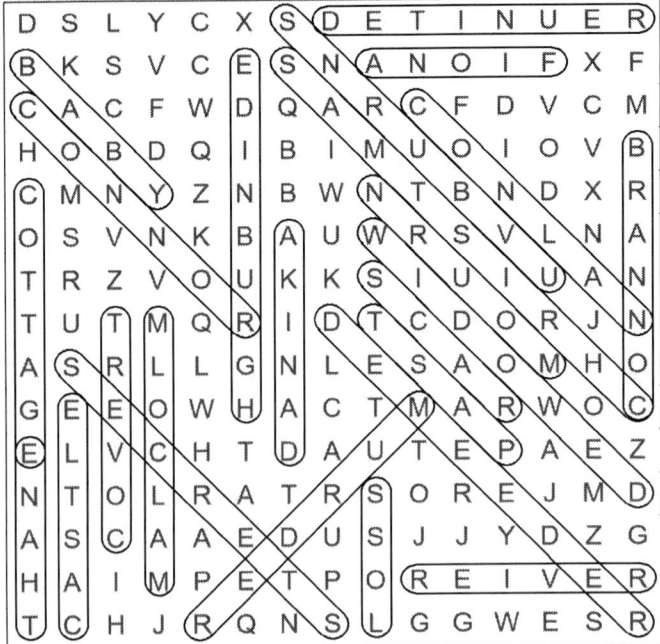

DARKER AFTER MIDNIGHT
Puzzle 13

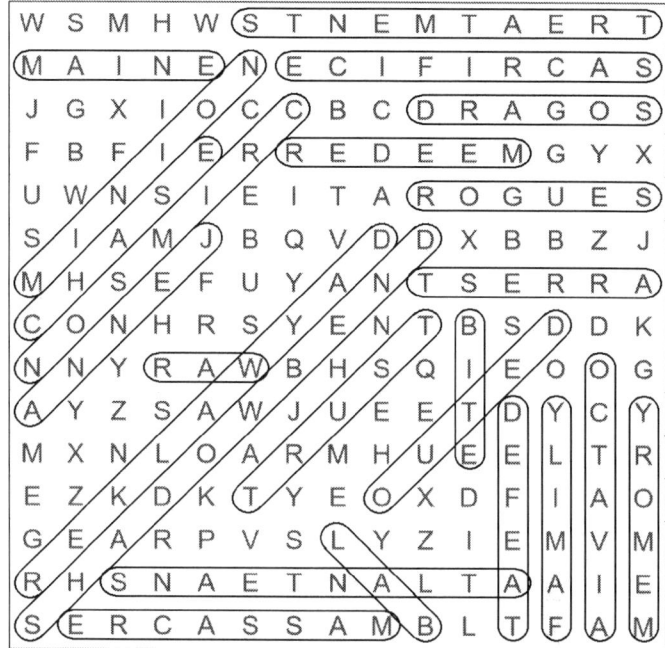

EDGE OF DAWN
Puzzle 14

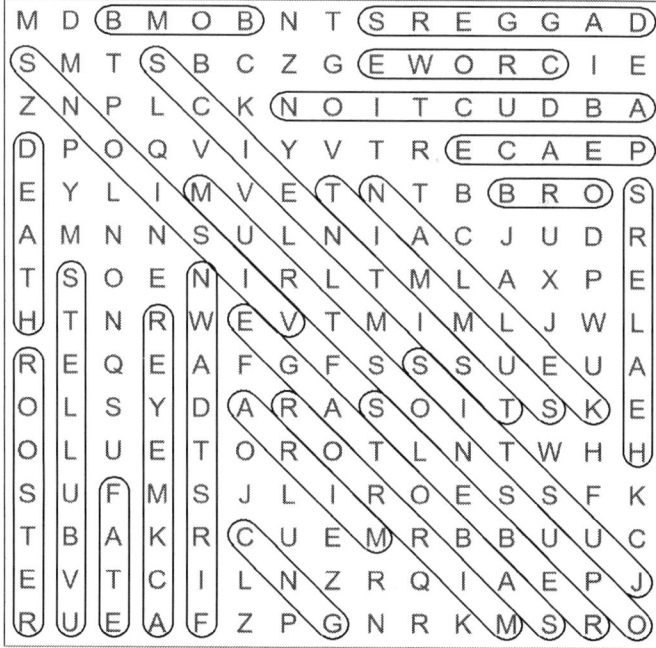

MARKED BY MIDNIGHT
Puzzle 15

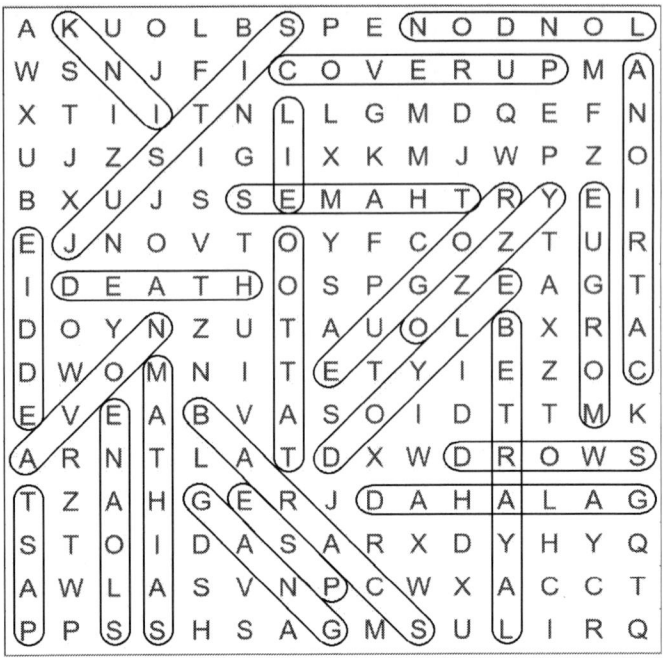

CRAVE THE NIGHT
Puzzle 16

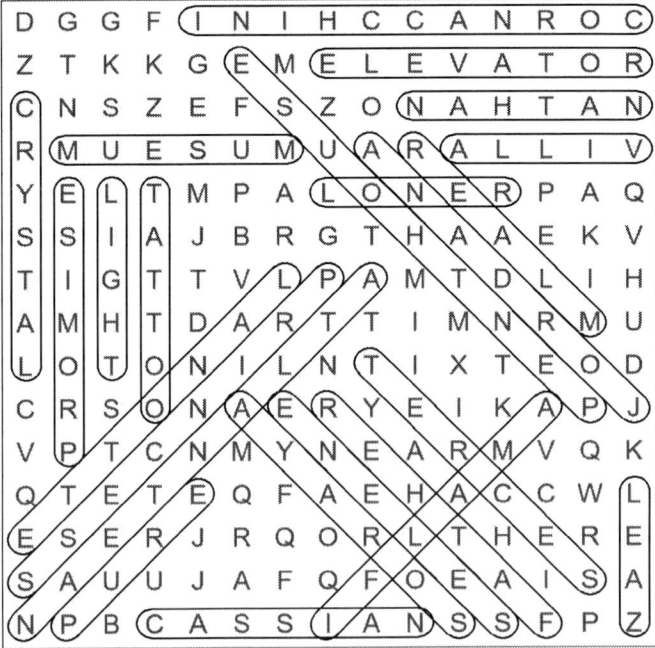

TEMPTED BY MIDNIGHT
Puzzle 17

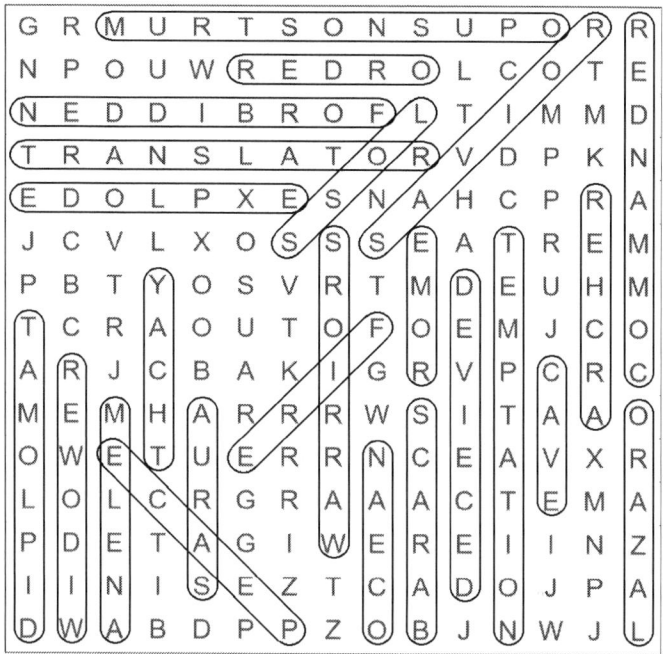

BOUND TO DARKNESS
Puzzle 18

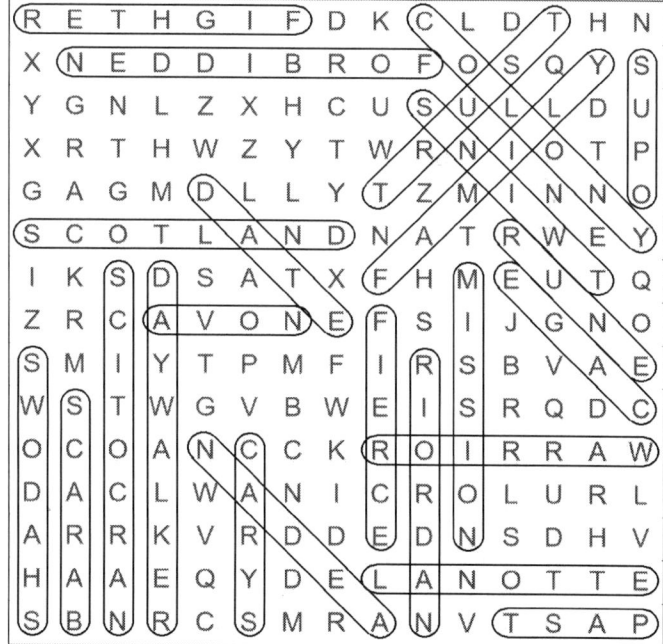

STROKE OF MIDNIGHT
Puzzle 19

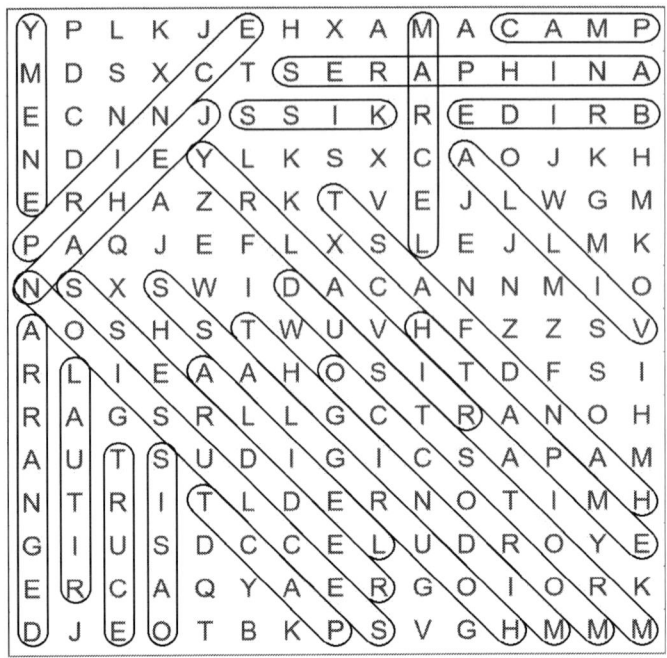

DEFY THE DAWN
Puzzle 20

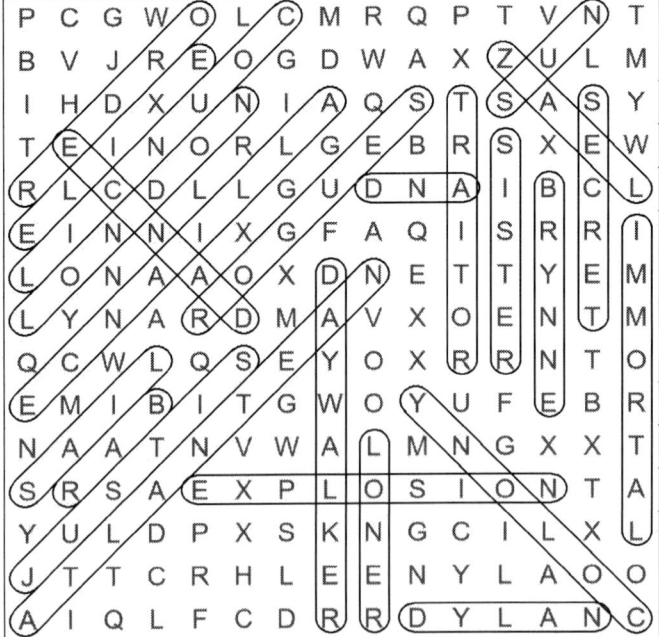

MIDNIGHT UNTAMED
Puzzle 21

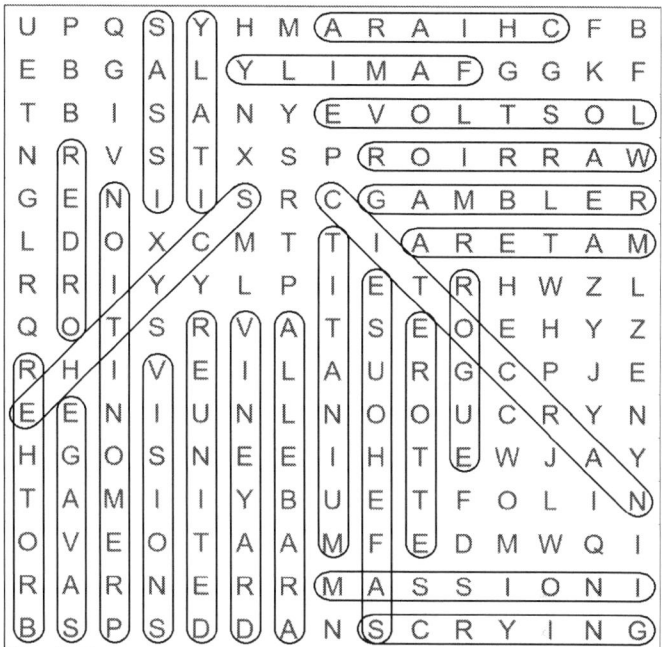

MIDNIGHT UNBOUND
Puzzle 22

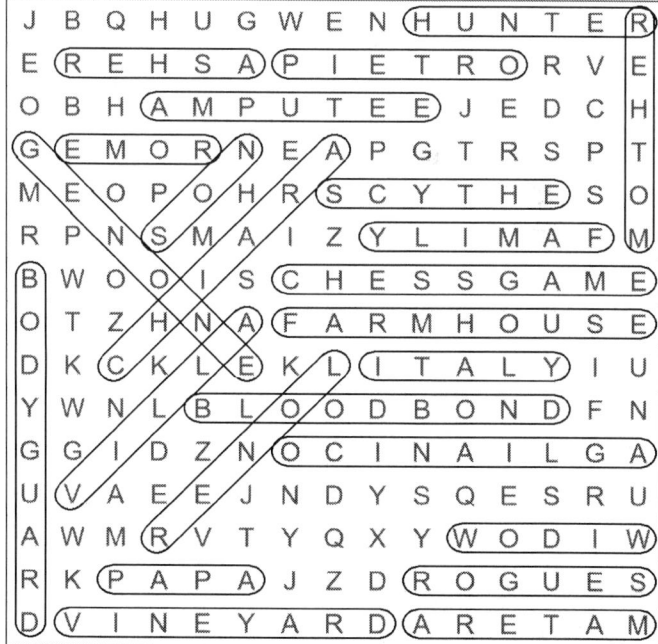

CLAIMED IN SHADOWS
Puzzle 23

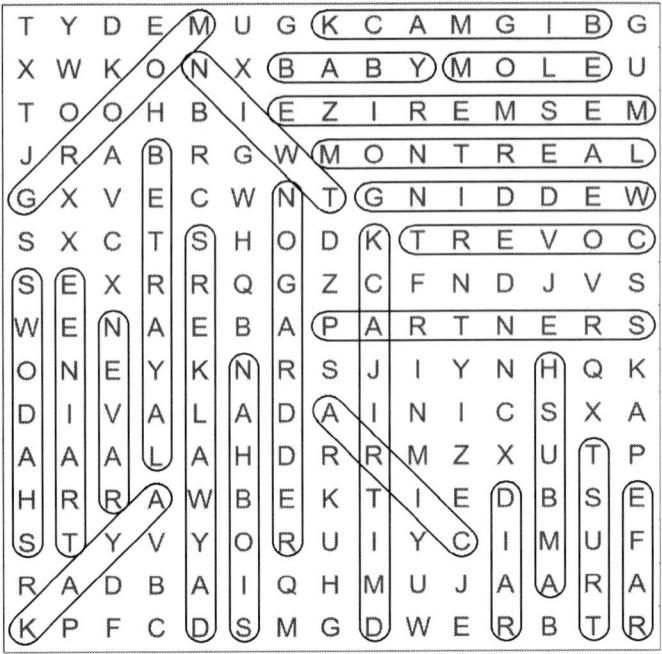

MIDNIGHT UNLEASHED
Puzzle 24

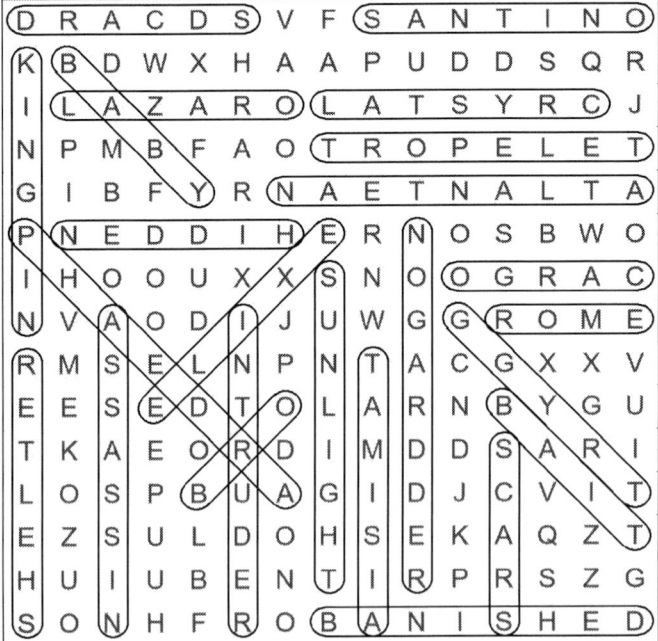

BREAK THE DAY
Puzzle 25

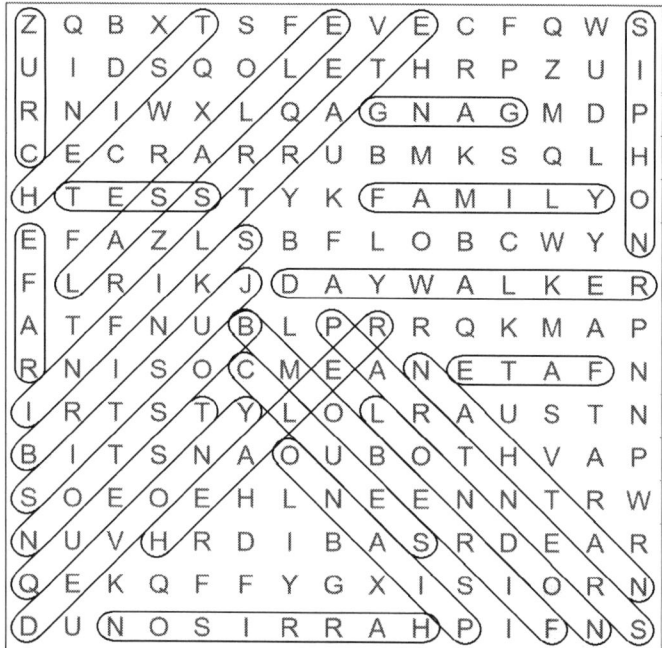

WHAT'S IN "THE MIDNIGHT BREED SERIES"?
Puzzle 26

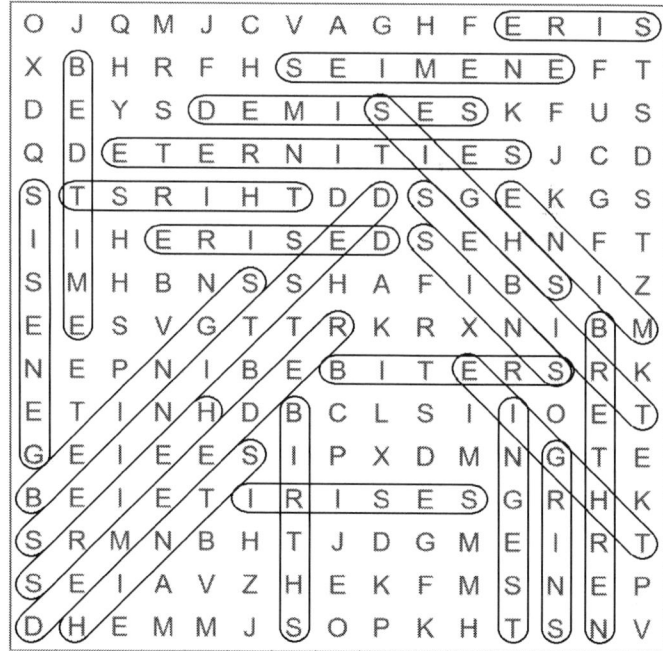

LUCAN THORNE
Puzzle 27

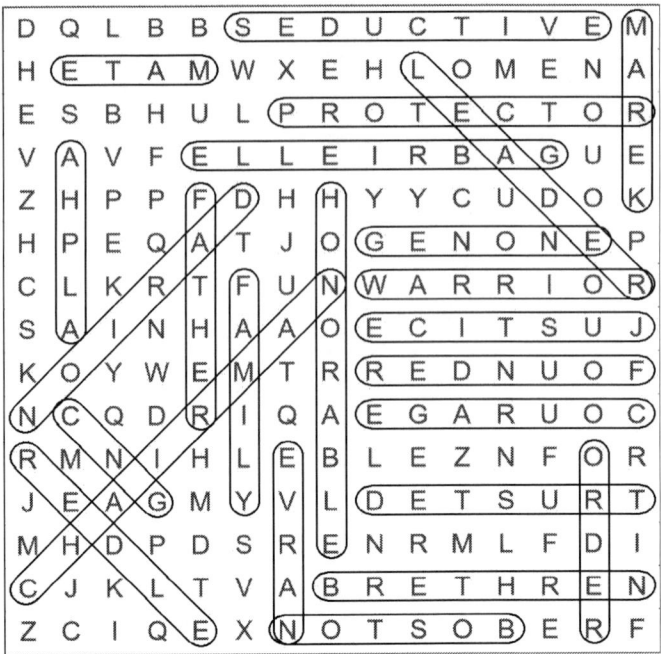

IN THE OLD TIMES
Puzzle 28

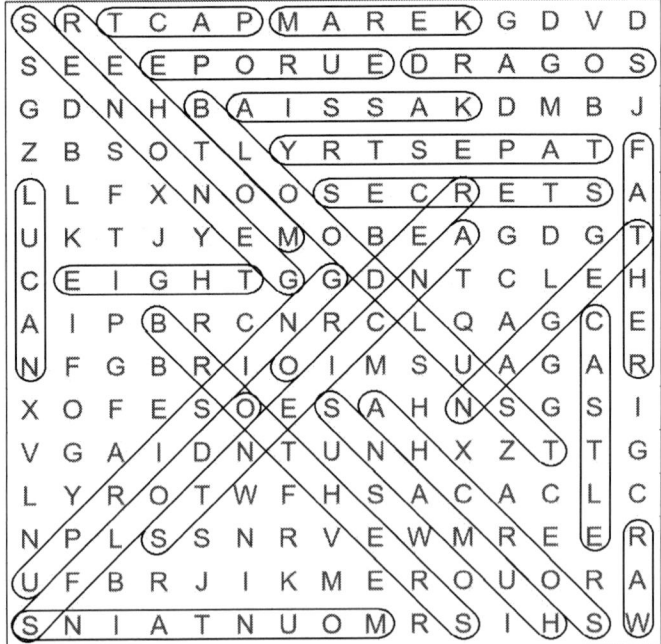

THE ART MUSEUM
Puzzle 29

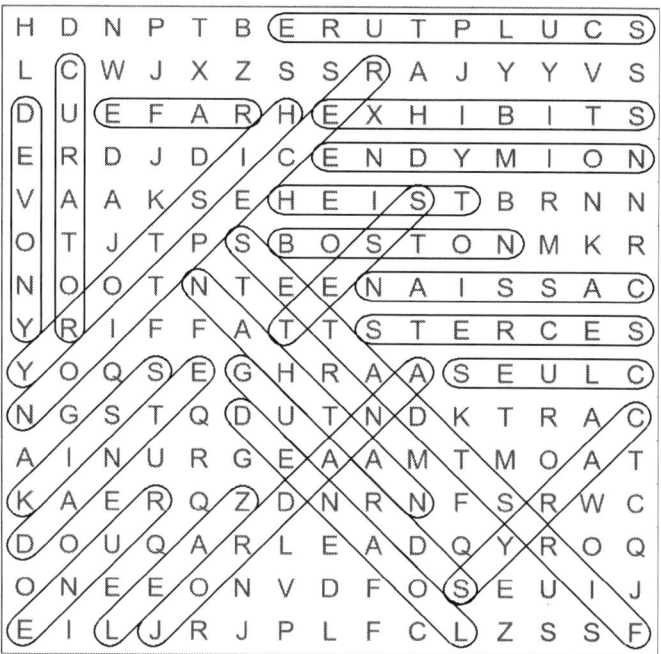

EN-TITLED
Puzzle 30

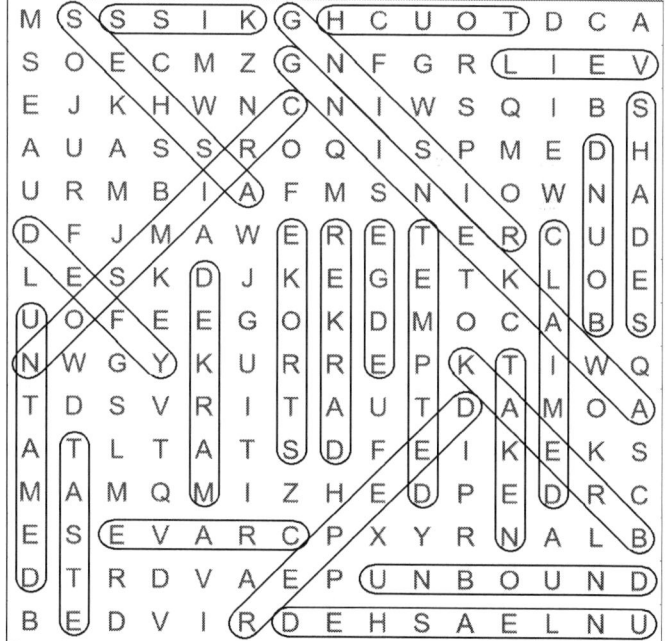

INFANT PRESENTATION CEREMONY
Puzzle 31

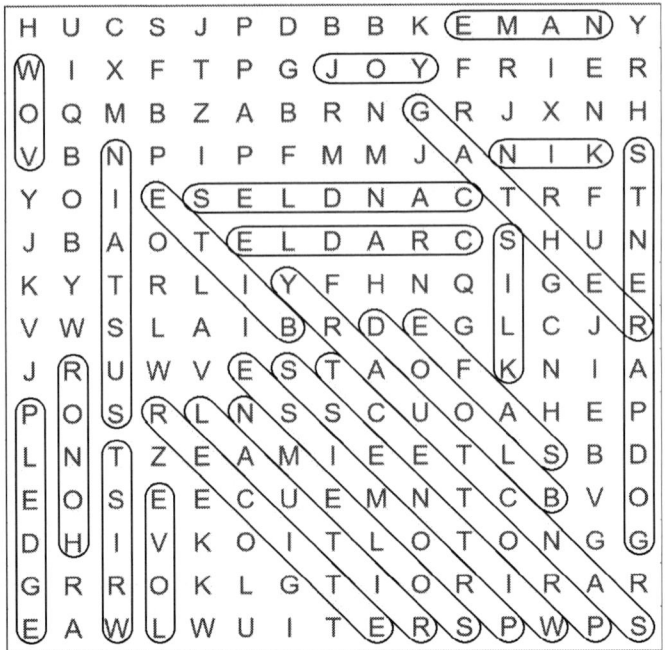

THE ANCIENTS
Puzzle 32

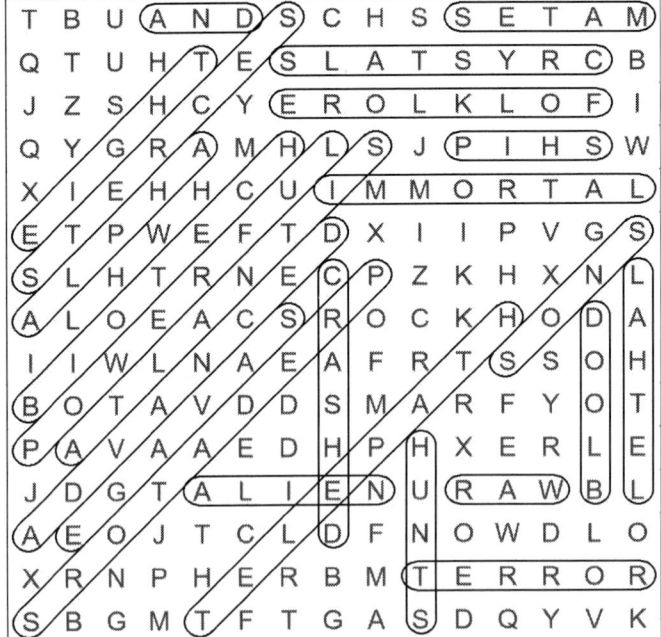

EATING WITH THE BREEDMATES
Puzzle 33

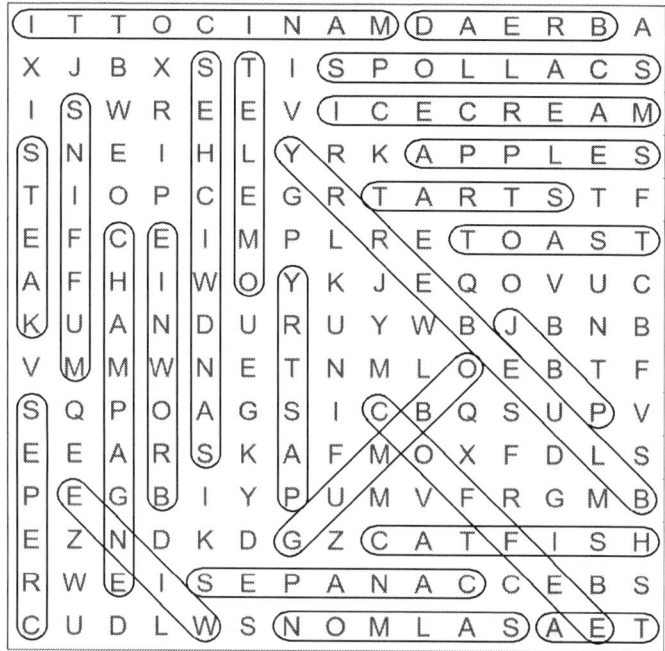

TAPESTRY SECRETS
Puzzle 34

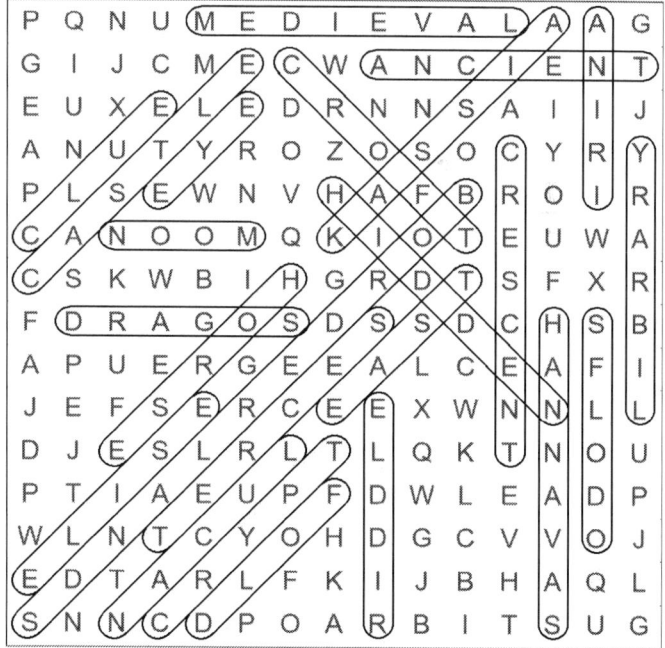

WEAPONS OF WAR
Puzzle 35

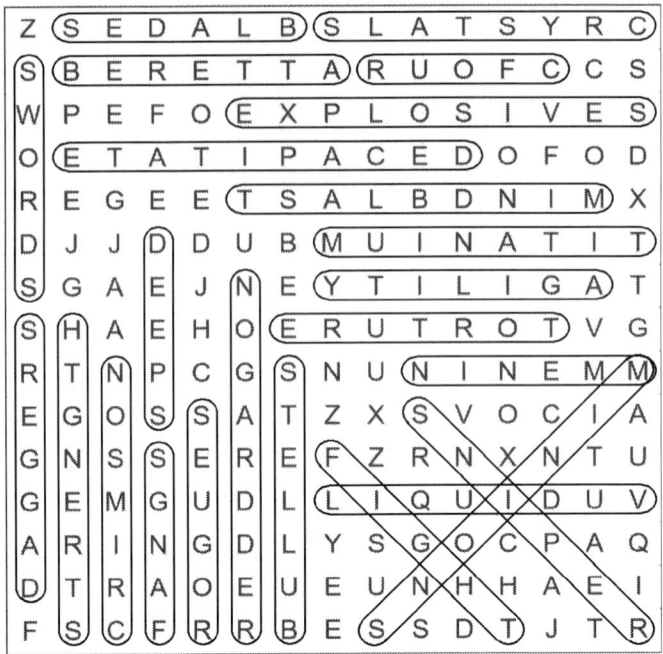

OH, THE PLACES WE'VE BEEN
Puzzle 36

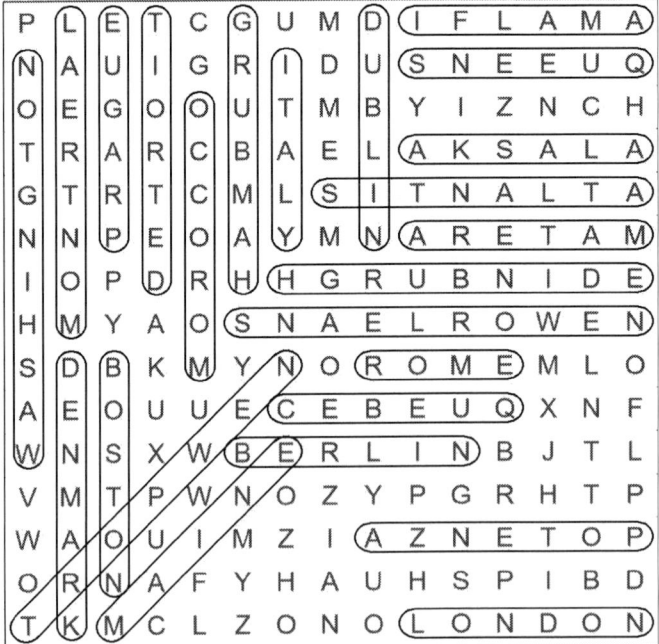

THE ORDER'S RESIDENT GENIUS
Puzzle 37

WHAT'S IN "THE ANCIENT'S CRYPT"?
Puzzle 38

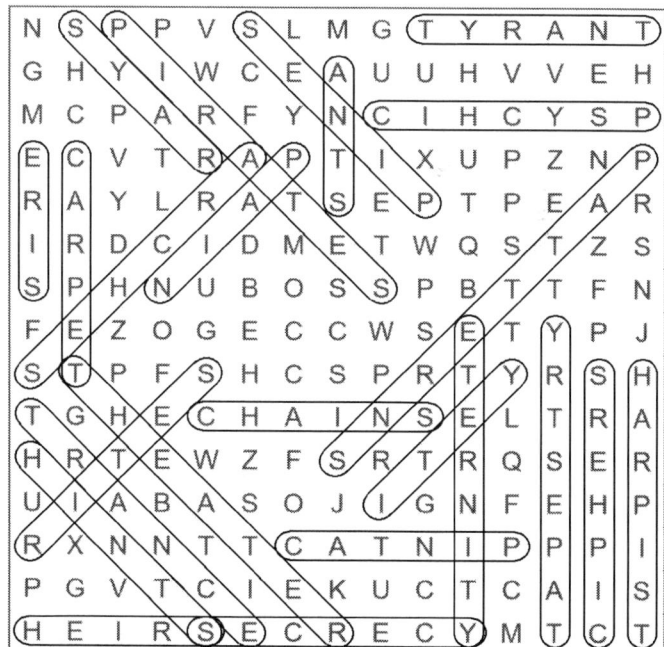

BREEDMATE BLOOD SCENTS
Puzzle 39

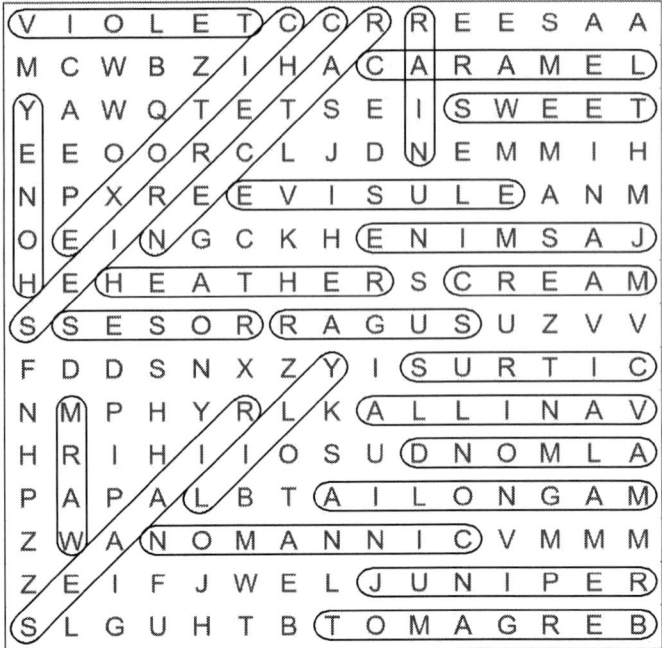

THE EVOLUTION OF JENNA
Puzzle 40

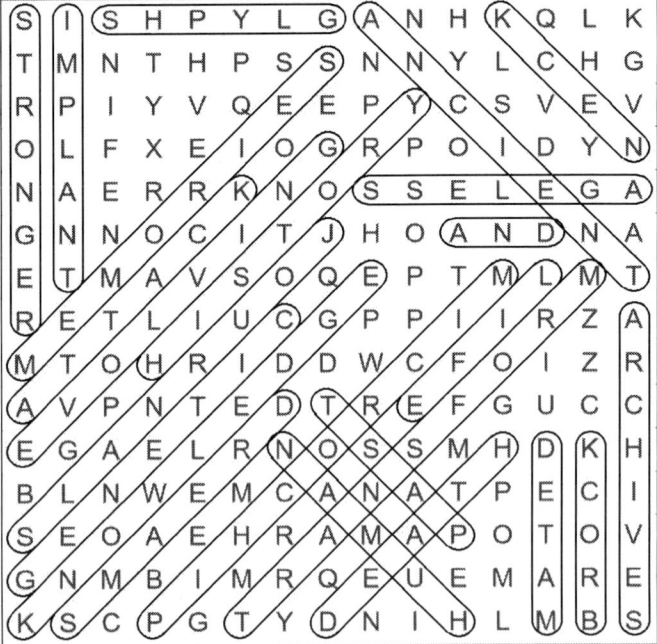

SERIES HEROES
Puzzle 41

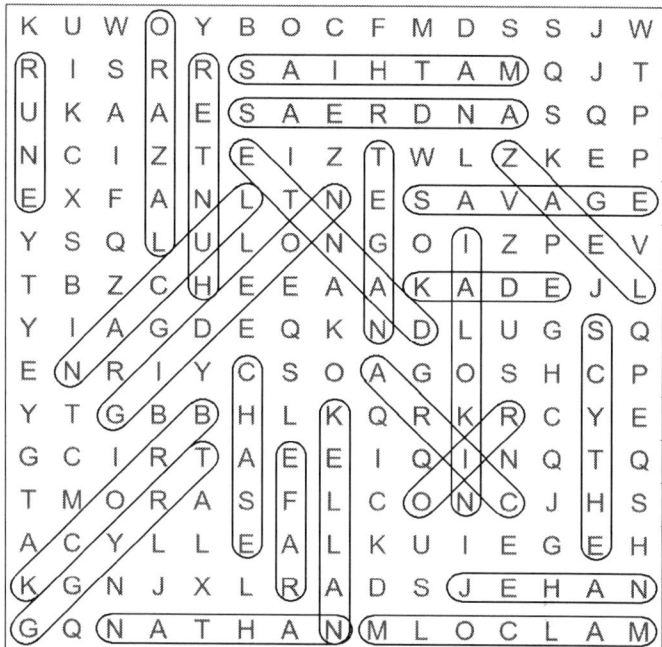

SERIES HEROINES
Puzzle 42

THE EVIL OF DRAGOS
Puzzle 43

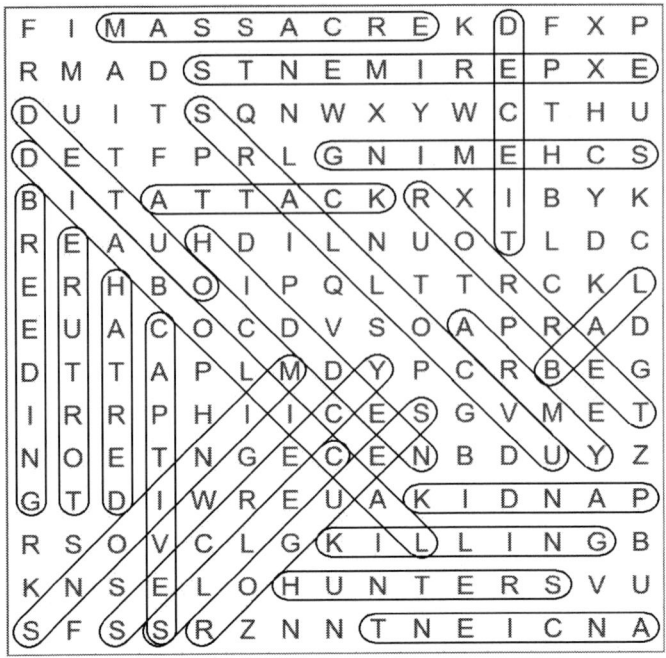

NORTH TO ALASKA
Puzzle 44

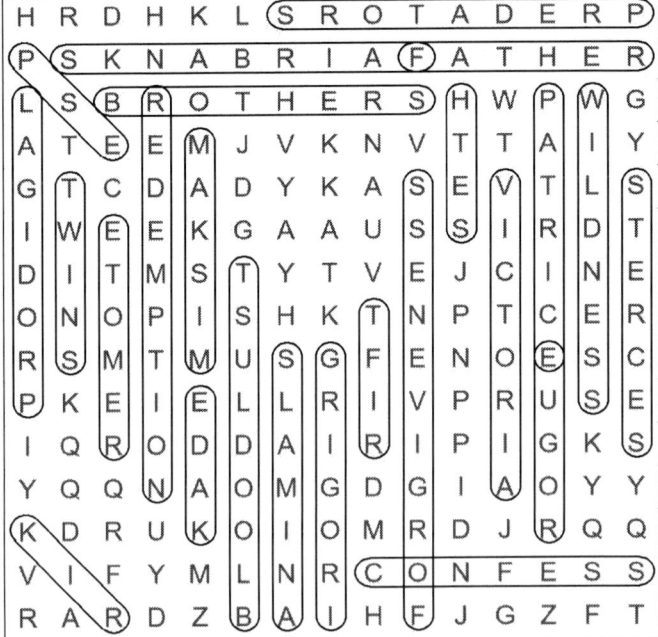

BAD COMPANY
Puzzle 45

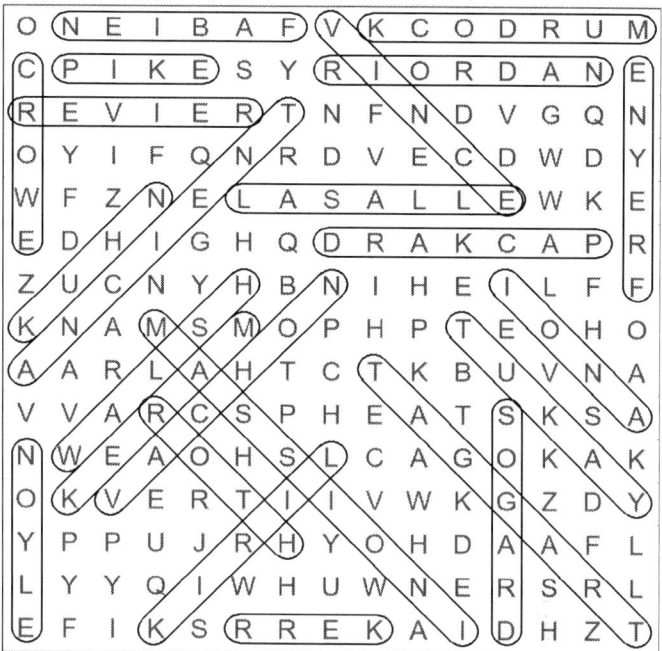

BREED FUNERAL RITES
Puzzle 46

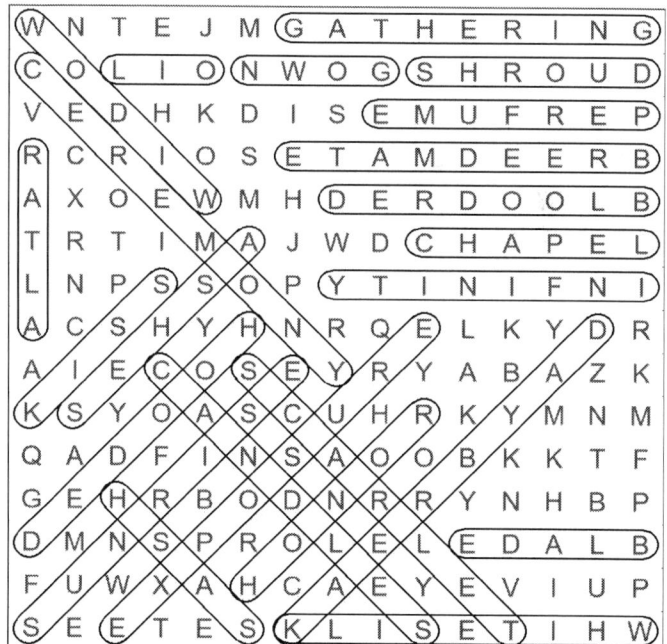

WHAT'S IN "LUCAN THORNE'S CLOSET"?
Puzzle 47

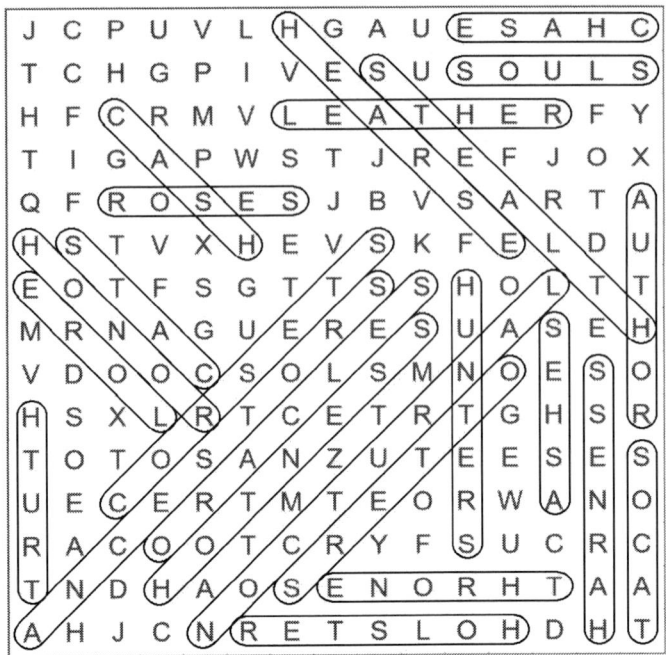

THE ATLANTEAN COLONY
Puzzle 48

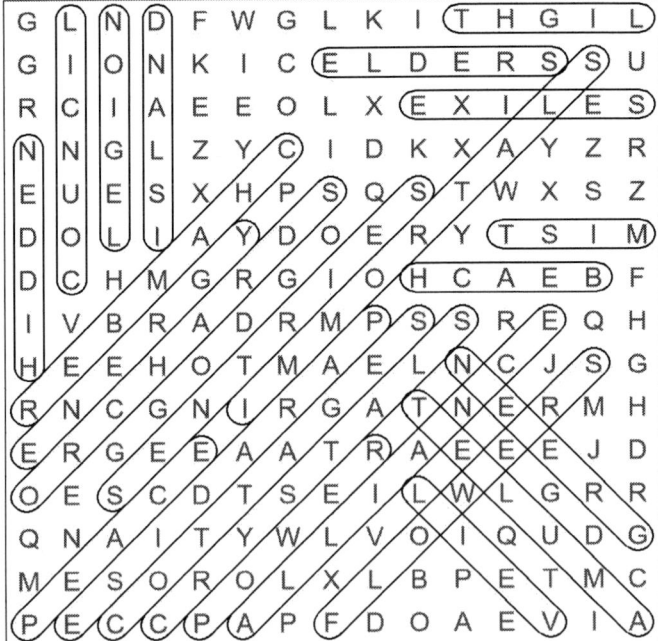

A NEW GENERATION OF WARRIORS
Puzzle 49

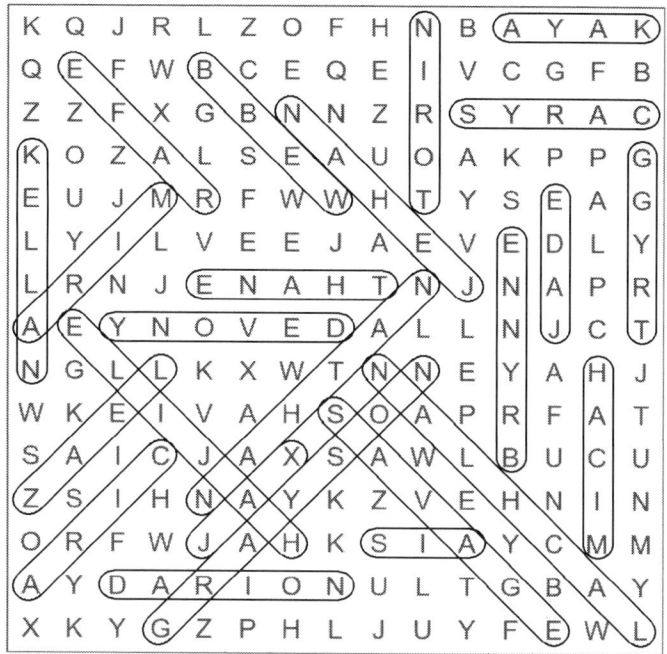

OPUS NOSTRUM
Puzzle 50

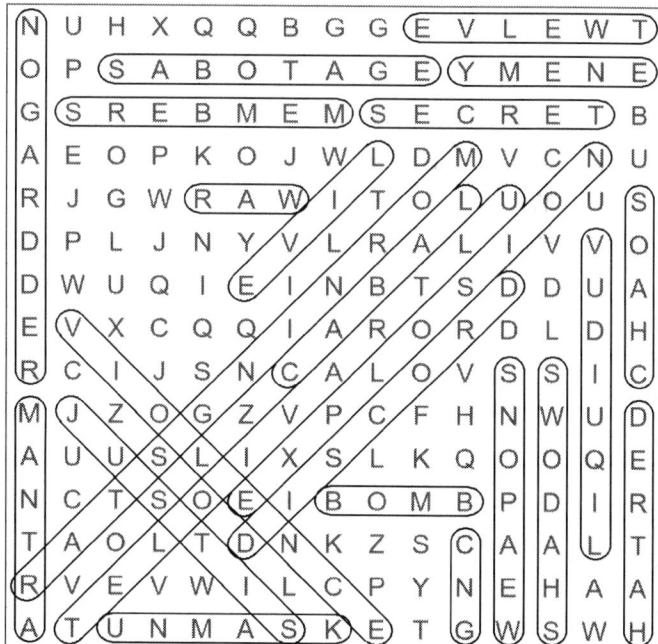

AT LA NOTTE
Puzzle 51

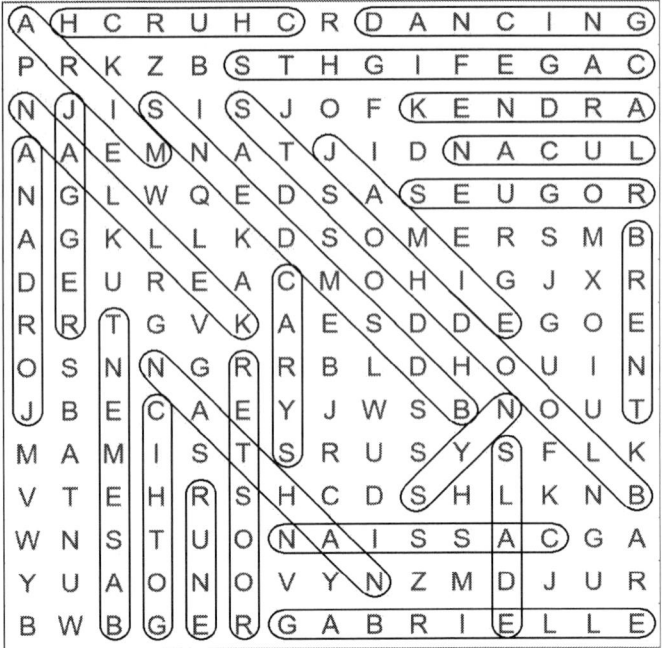

THE TRUTH ABOUT JORDANA
Puzzle 52

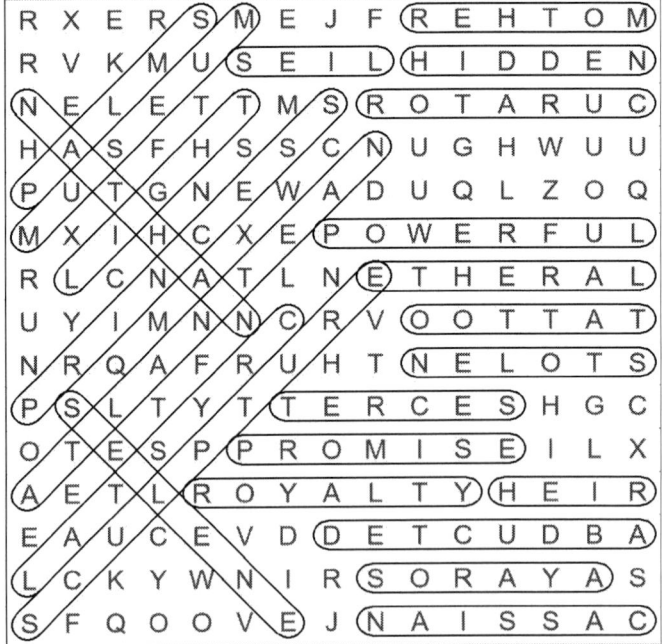

THE HUNTER PROGRAM

Puzzle 53

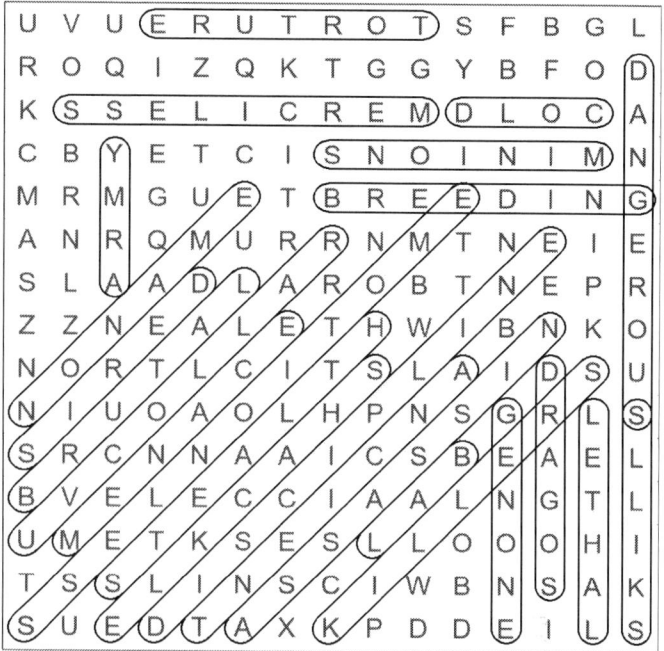

ATLANTEAN CRYSTALS

Puzzle 54

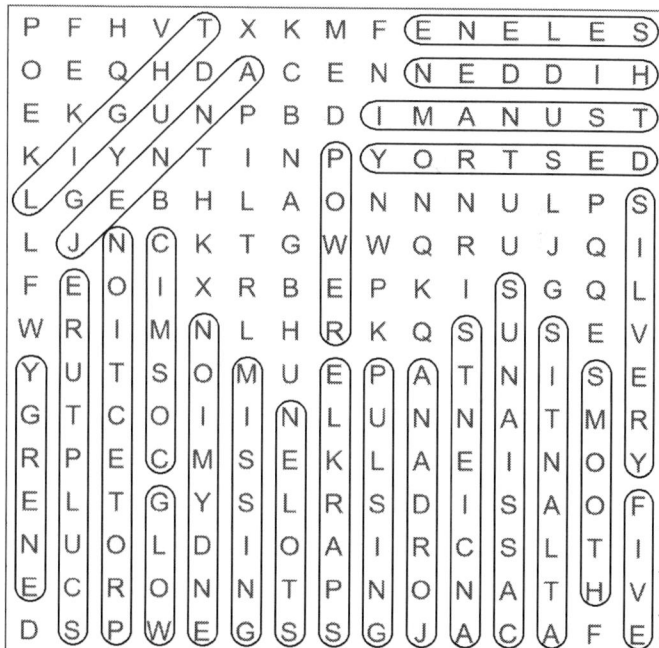

QUEEN OF ATLANTIS
Puzzle 55

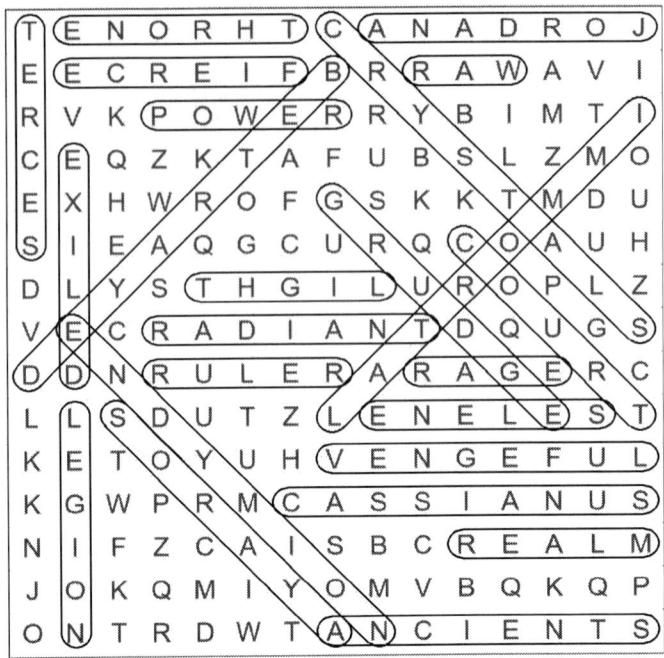

ALL IN THE FAMILY
Puzzle 56

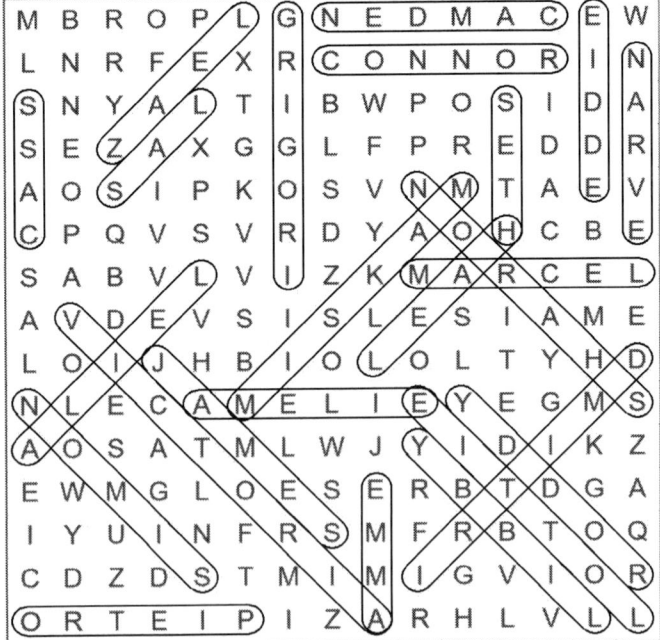

AT THE PEACE SUMMIT
Puzzle 57

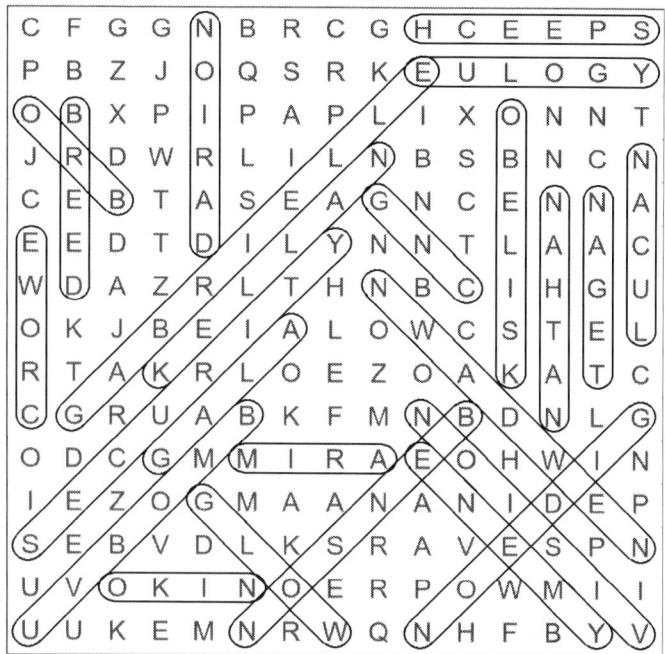

DAYWALKERS
Puzzle 58

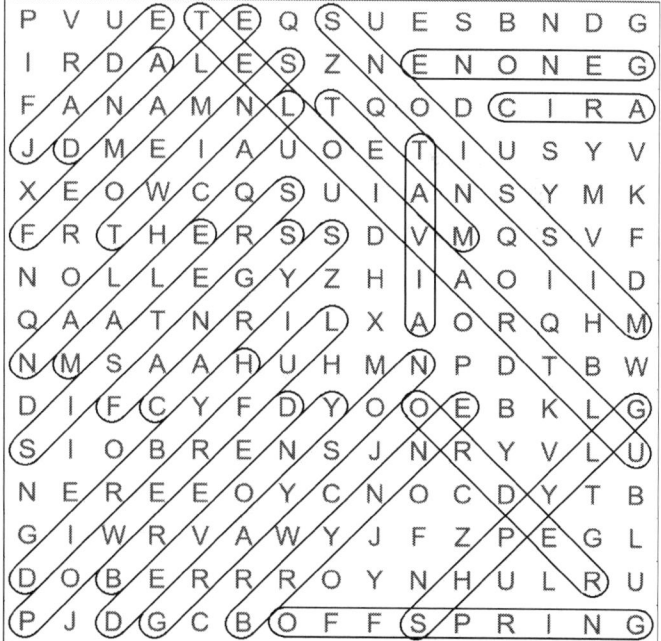

WHAT'S IN "THE ATLANTEAN COLONY"?
Puzzle 59

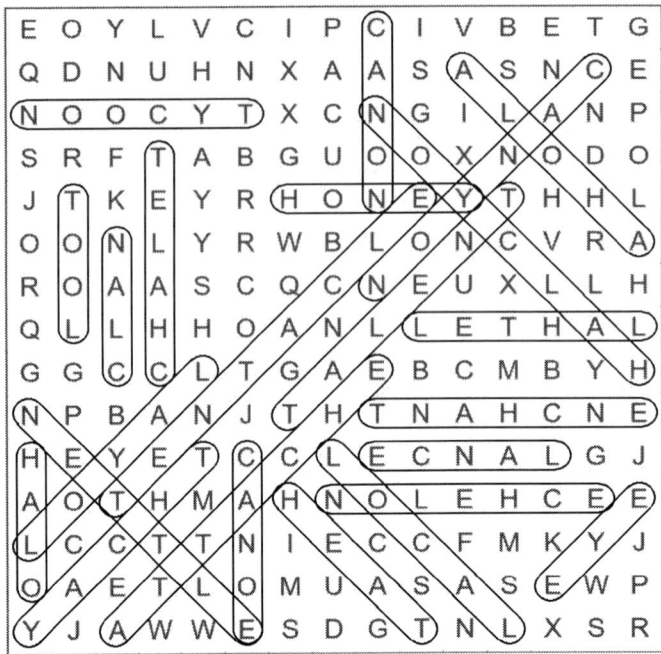

HUNTER LEGACY SPINOFF SERIES
Puzzle 60

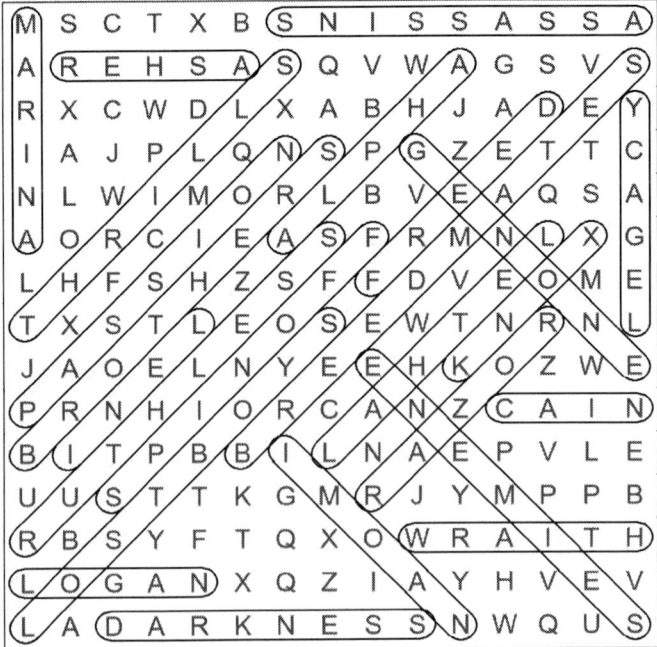

AUTHOR BIOGRAPHY

LARA ADRIAN is a *New York Times* and #1 international best-selling author, with nearly 4 million books in print and digital worldwide and translations licensed to more than 20 countries.

Her books have regularly appeared on major bestseller lists including The New York Times, USA Today, Publishers Weekly, Wall Street Journal, Amazon.com, Barnes & Noble, etc. Reviewers have called Lara's books "addictively readable" (Chicago Tribune), "strikingly original" (Booklist), "extraordinary" (Fresh Fiction), and "one of the consistently best" (Romance Novel News).

Visit the author's website at
www.LaraAdrian.com

Find Lara on Facebook at
www.facebook.com/LaraAdrianBooks

Look for these titles in the *New York Times* and #1 international bestselling MIDNIGHT BREED SERIES

A Touch of Midnight (prequel novella)
Kiss of Midnight
Kiss of Crimson
Midnight Awakening
Midnight Rising
Veil of Midnight
Ashes of Midnight
Shades of Midnight
Taken by Midnight
Deeper Than Midnight
A Taste of Midnight (ebook novella)
Darker After Midnight
The Midnight Breed Series Companion
Edge of Dawn
Marked by Midnight (novella)
Crave the Night
Tempted by Midnight (novella)
Bound to Darkness
Stroke of Midnight (novella)
Defy the Dawn
Midnight Untamed (novella)
Midnight Unbound (novella)
Claimed in Shadows
Midnight Unleashed (novella)
Break the Day

. . . and more to come!

The Hunters are here!

Thrilling standalone vampire romances from Lara Adrian set in the Midnight Breed story universe.

Coming Soon!

Watch for a sexy new contemporary romance standalone set in Lara Adrian's 100 Series!

Play My Game
Available Spring 2020

"Lara Adrian not only dips her toe into this genre with flare, she will take it over... I have found my new addiction, this series."
--*The Sub Club Books*

**Other books by
LARA ADRIAN**

Contemporary Romance

100 Series
For 100 Days
For 100 Nights
For 100 Reasons

Run to You
Play My Game *(Spring 2020)*

Historical Romance

Dragon Chalice Series
Heart of the Hunter
Heart of the Flame
Heart of the Dove

Warrior Trilogy
White Lion's Lady
Black Lion's Bride
Lady of Valor

Lord of Vengeance

. . . and more to come!

CONNECT WITH LARA ONLINE AT:

www.LaraAdrian.com
www.facebook.com/LaraAdrianBooks
www.goodreads.com/lara_adrian
www.instagram.com/laraadrianbooks
www.pinterest.com/LaraAdrian

Made in the USA
San Bernardino, CA
18 December 2019